Topos Taschenbücher
Band 264

Roland Breitenbach

Mit dir will ich leben

Auf dem Weg zur Ehe

Topos Taschenbücher

Bearbeitete und ergänzte Taschenbuchausgabe des 1987 im Matthias-Grünewald-Verlag erschienenen gleichnamigen Buches.

Die Deutsche Bibliothek – CIP-Einheitsaufnahme

Breitenbach, Roland:
Mit dir will ich leben : auf dem Weg zur Ehe / Roland Breitenbach. –
1. Aufl. – Mainz : Matthias-Grünewald-Verl., 1997
(Topos-Taschenbücher ; Bd. 264)
ISBN 3-7867-2006-1
NE: GT

 1. Auflage 1997
Reihengestaltung: Harald Schneider-Reckels und Iris Momtahen
Umschlag: Andreas Felger, Liebesapfel, Holzschnitt. © Präsenzverlag Gnadenthal
Druck und Bindung: Clausen & Bosse, Leck

ISBN 3-7867-2006-1

Inhalt

Einleitung

Persönliches Glück und partnerschaftliche Geborgenheit stehen mehr denn je in der Mitte der Erwartungen junger Menschen. Die Sehnsucht nach ihrer Verwirklichung ist gelegentlich so stark, daß die Partner dabei überfordert werden und die Partnerschaft scheitert.
Gerade deswegen haben immer mehr junge Menschen Angst vor einer festen Bindung. Sie haben vor allem Angst vor der Ehe. Sie sprechen eher von einem Wagnis als von einer gemeinsamen Chance. Wegen des Scheiterns vieler Ehen – nach wie vor endet fast jede dritte Ehe vor dem Gericht – sind die Ängste groß, ob der Partner auf Dauer der richtige ist, oder ob die gemeinsamen Probleme zu bewältigen sind.
Die meisten Paare leben heute vor einem offiziellen Eheschluß einige Zeit zusammen; manchmal dauert es Jahre, bis Paare sich entschließen – meist im Zusammenhang mit der Entscheidung für ein Kind –, sich standesamtlich oder auch kirchlich trauen zu lassen. Etwa 90 Prozent aller Paare, die ohne Trauschein zusammenleben, sind für die Ehe offen. Damit hat die Ehe immer noch einen hohen Stellenwert, auch wenn im letzten Jahrzehnt die Heiratsneigung bei Männern und Frauen zurückgeht. Bei allen positiven Aspekten und Erwartungen ist die Feststellung nicht übertrieben, daß die Ehe eine zwar gefährdete Form der Partnerschaft ist, die dennoch durch nichts wirklich ersetzt werden kann.
Es ist deswegen sehr wichtig, besser auf die Ehe vorzube-

reiten und die Partner auch in den ersten gemeinsamen Jahren, seien sie verheiratet oder nicht, unaufdringlich zu begleiten. Wenn die Ehe heute stärker als früher als ein Prozeß bezeichnet wird, der dem Wachstum und der Reife, der Erprobung und der Konfliktbewältigung der Gemeinschaft dient, vor allem aber dem Wachsen und Reifen von Liebe, Verantwortung und Treue, dann sind Vorbereitung und Begleitung besonders entscheidend für das Gelingen einer Partnerschaft und der Ehe.
Im kirchlichen Bereich wird intensiv darüber nachgedacht, wie die Partner und Paare besser vorbereitet und begleitet werden können. Die Angebote der Kirche werden aber nur dann angenommen, wenn sie nicht vorschnell das Zusammenwohnen und damit auch das Zusammenleben verurteilt. Es sind Offenheit, Phantasie und Zuwendung gefragt, wenn es darum geht, die wichtigen Schritte zweier Menschen vom Kennenlernen bis hin zum Versprechen „bis daß der Tod uns scheidet" verantwortungsbewußt zu begleiten.
Für das Paar selbst, aber auch für alle, die das Paar als Eltern und Freunde begleiten, ist die Zeit vor dem feierlichen Eheabschluß zumindest so wichtig wie die Zeit danach. Für die gemeinsamen Schritte brauchen wir mehr Verständnis und neue Ideen. Vorurteile und Verurteilungen, auch wenn sie noch so oft wiederholt werden, helfen auf dem partnerschaftlichen Weg nicht. Im Gegenteil. Sie vermehren die Ängste und verstärken die Zweifel.
Mit diesem Buch, das aus dem Gespräch mit vielen jungen und älteren Menschen entstanden ist, machen wir den Versuch, die wichtigen Schritte auf dem Weg zur Partnerschaft aufzuzeigen und die Paare in ihrem Miteinander zu begleiten.

I. Sexualität – sich des Leibes freuen

Geschichte

„Ach, die wunderschönen Blumen", klagte die Schwalbe. Doch der Ochse brummte nur: „Ich sehe nichts als eine saftige Wiese" und ließ sich im Fressen nicht stören. „Ich will nichts als Sex", sagte der junge Mann und wunderte sich sehr, als er dann auch nichts anderes bekam.

Schriftwort

Mein Freund ist mein und ich bin sein. Er weidet dort, wo die Lilien stehen, bis die Schatten länger werden und der Tag versinkt.

Hld 2, 16

Die meisten Paare werden durch die gegenseitige sexuelle Anziehungskraft zusammengeführt. Acht von zehn Paaren lernen sich dort kennen, wo diese Anziehungskraft besonders erfahrbar wird, in der Disco oder beim Tanzen. Wegen ihrer stürmischen Kraft, die eher niederreißend als aufbauend empfunden wurde, galt die Sexualität oft als

gefährlich. Es gab die verschiedensten Versuche, diese Gefährlichkeit zu bannen, ohne auf die sexuelle Lust verzichten zu müssen.
In den Riten der Fruchtbarkeitskulte unserer Vorfahren konnte die Sexualität eine öffentliche Aufgabe bekommen. Reste davon sind uns in mancherlei Brauchtum noch erhalten. Wenn zum Beispiel Burschen junge Mädchen beim Winteraustreiben mit Ruten schlagen durften oder auch umgekehrt, ist der Versuch unverkennbar, auf derb-deftige Weise sich für die Gefährlichkeit des Sex zu rächen.
Oder alles, was mit Sex zusammenhing, war tabu. Man sprach darüber nicht, oder so, daß man meinen mußte, er sei etwas ganz Böses. Für viele hatte Sex deswegen etwas mit dem Teufel zu tun. Schlimmer noch, die Meinung, die erste Sünde der Menschheit sei eine sexuelle Untat gewesen, erschwerte eine natürliche Einstellung zur Sexualität: Der Sex hatte den Menschen um das Paradies gebracht?
Für andere war Sex ganz einfach ein notwendiges Übel.
Heute gehört der Sex so sehr zum Alltag, daß vieles von seinem Reiz verloren gegangen ist. Vor allem das „Recht auf Sex“ hat ihn zu einer Ware gemacht, deren Preis von Angebot und Nachfrage bestimmt wird. Sex, so heißt es, sei so alltäglich wie Essen, Trinken und Schlafen. Und dann wundert man sich, daß er am Ende auch nicht mehr ist.
Seltener heißt es, daß Sex etwas Gutes ist. Fast nie hat die menschliche Sexualität etwas mit Gott zu tun. Es sei denn, der Sex wird selber zum Gott. Diesen Irrweg sind zum Beispiel in der Antike die Griechen mit ihren Phalluskulten gegangen. In unserer Zeit hat der indische Guru Bhagwan seine Anhänger lange Zeit mit dem Slogan „Sex ist Religion“ bei der Stange gehalten. Wenig später mußten sich seine Jünger, vermutlich aus Furcht vor Aids, mit „Lachen ist Religion“ zufriedengeben.

Sexuelle Lust und Lob Gottes sind auch heute noch für den Christen geradezu lästerliche Widersprüche. Diese Einstellung kann auf Dauer nicht gut sein. Wir Menschen leben aus den Gegensätzen; Tag und Nacht, Hitze und Kälte, Lust und Leid bringen nicht nur Spannung und Abwechslung in unser Leben, sie führen uns auch an unsere Grenzen. Wir lernen nur dann vernünftig und natürlich mit den Geschenken unserer Erde umgehen, wenn wir ihre Schönheiten auch erkennen können. Wenn wir nur vor den Gefahren gewarnt werden, die im Genießen oder in der Lust liegen, kommen wir kaum zu einem menschenwürdigen Umgang damit. Eher wird das Gegenteil erreicht. Wer Jesus Christus und sein Evangelium, seine Frohe Botschaft, ernst nimmt, muß darauf bestehen, daß alles gut ist, was von Gott geschaffen ist, daß gut ist, was er uns schenkt. Nicht Gott ist es, der uns die Freude am Genuß und an der Lust verderben will; die Menschen sind es selber, die durch den Mißbrauch sich um Lust und Freude bringen. Das Schlimmste war dabei sicher, daß Gott selber von den Menschen gegen die Lust eingesetzt wurde. Religion wurde damit zwangsläufig zu einer traurigen Angelegenheit.

Halten wir um „Gottes und der Menschen willen“ fest: Gottes Geschenke sind gut. Unsere Sexualität ist gut. Sex und Lust, die nicht voneinander zu trennen sind, sind gute Gaben Gottes für uns; besonders schöne Gaben sogar.

Gott loben als Mann oder Frau

Franz von Assisi (1182–1226) hat in seinem Sonnengesang ein wunderbares Lob Gottes gesungen. Er preist die Geschenke, die Gott uns in der Schöpfung macht: die Sonne, das Wasser, das Feuer ... Wenn er in seiner Zeit nicht mißverstanden worden wäre, hätte Franz neben Schwester Sonne und Bruder Tod auch dem Bruder Sex eine Strophe gewidmet und Gott gepriesen. Ist es so abwegig, Gott im Gebet für ein schönes sexuelles Erlebnis zu danken? Ihn zu loben, daß ich mich in meinem Körper ganz als Mann oder Frau erfahren habe und mich mit „Haut und Haaren" verschenken kann?

Mit der wichtigste Sinn der Sexualität ist es, uns aus unserer Einsamkeit heraus zu einem anderen Menschen zu führen. Wahrscheinlich hat jeder von uns schon dieses Gefühl der Einsamkeit erlebt; manche leiden so sehr darunter, daß sie mit allen Mitteln, oft mit sehr untauglichen, versuchen, dieses Gefühl der Einsamkeit zu verdrängen oder zu überwinden. Wenn „zwei eins sind", wie die Schrift sagt, geben sie einander die Hoffnung, daß keiner der beiden auf Dauer einsam sein muß.

Dennoch gibt es auch in einer guten Partnerschaft die Erfahrung der Einsamkeit. Offensichtlich brauchen wir gelegentlich die Rückbesinnung auf uns, auch wenn diese Gefühle für uns schmerzlich sind. Wir sollten sie nicht dem Partner anlasten. Wer seine Einsamkeit annimmt, wer mit ihr leben und sie auszuhalten lernt, muß nicht hektisch gegen sie ankämpfen, die Schuld beim anderen suchen und dadurch nur noch einsamer werden.

Wir können unsere sexuellen Fähigkeiten und Wünsche mit der nötigen Gelassenheit verbinden, so daß wir nicht nur ein Höchstmaß an Lust, sondern auch das Glück miteinander genießen.

„Als ich zu Mutter sagte, sie sei ganz schön sexy, hat mir Vater eine geklebt. Unverschämter, verdorbener Kerl!, hat er mich angeschrien ..."

Sexy, das ist die gängige Bezeichnung für unsere erotische Kraft, die auf andere ausstrahlt und uns anziehend und liebenswert macht. Sie wirkt nicht auf jeden anderen Menschen gleich. Der Junge, noch Auszubildender, wollte seiner Mutter auf seine Art und in seiner Sprache ein Kompliment machen: Du bist eine attraktive Frau. Ich bin stolz auf dich. Der Vater reagiert darauf völlig daneben. Statt sich zu freuen oder mit seinem Sohn in ein Gespräch zu kommen, schlägt er ihn.
Sexy, das ist für den anderen wie eine schöne Verheißung. Du bist ein Mensch, der mir gefällt. Mit dir kann ich gehen. Du versprichst mir Spaß; du kannst mir Lust und Freude schenken. Ich muß nicht länger einsam gehen, denn ich habe dich. Ich hoffe, daß das, was deine Ausstrahlung mir verspricht, in Erfüllung gehen wird für uns beide.
Der Mensch verdankt seinen Eltern vieles: Trinken, Essen, Sprechen, Laufen, Lachen; das alles lernt er von seinen Eltern. Er erfährt Geborgenheit, Hilfe, Sicherheit; das läßt in ihm das Vertrauen wachsen. Aber lernt der junge Mensch von seinen Eltern auch die Lust und damit verantwortlich umzugehen? Erfährt er von ihnen, was Lieben heißt?
Bei der Taufe werden die Eltern an ihre Verantwortung für die ganze Entwicklung des Kindes durch ein Gebet erinnert:

Der Herr öffne dir alle deine Sinne,
damit du sein Wort vernimmst, den
Glauben bekennst, die Liebe erfährst
und lieben lernst... zum Lob Gottes
und zum Heil der Menschen.

Spielen befreit

Das Lebens- und Liebesbeispiel der Eltern ist für die Kinder im Hause besonders wichtig; auch wie Vater und Mutter mit ihrer Sexualität vor ihnen umgehen. Das bedeutet nun nicht, daß Eltern ihre ganze Intimität vor den Kindern ausbreiten sollen; doch die Kinder dürfen ruhig spüren, daß der Vater seine Frau gerne sieht; daß die Mutter ihren Mann erwartungsvoll ansieht.

„Ich hatte noch nie eine Frau nackt gesehen. Nur in Illustrierten, die in die Schule von anderen mitgebracht wurden. Bei meiner Mutter getraute ich mich nicht; da habe ich bei meiner älteren Schwester durchs Schlüsselloch geschaut. Mein Vater hat mich dabei erwischt...“

Hauptschüler, 15

Es ist schon nicht leicht, daß ein junger Mensch die rechte Einstellung zu seinem Körper findet; erst recht ist es schwierig, den Körper des anderen zu entdecken.
Eltern und Geschwister gelegentlich nackt zu sehen schafft einigermaßen Unbefangenheit und stillt, wenigstens zunächst, die ganz verständliche Neugierde.
Der nächste Versuch ist die Werbung mit dem eigenen Körper; auszuprobieren, welche Anziehungskraft er auf einen anderen hat. Sich dabei nackt zu zeigen, den anderen nackt zu sehen ist nicht von vornherein schamlos. Schamlos und damit entwürdigend ist das Sich-zur-Schau-Stellen, andere mit seiner Nacktheit zu bedrohen oder durch die Entblößung zu beschämen und zu demütigen. Ganz schlimm, wenn der andere zur Nacktheit gezwungen wird.
Unsere Kleidung ist mehr als ein Wetterschutz; sie ist ein Ausdruck unserer Persönlichkeit und kann uns so meist

anziehender und begehrenswerter machen als ein nackter Körper.
Der Leib ist zur Freude geschaffen, nicht zur Bedrohung. Wenn wir für andere anziehend, verheißungsvoll, vielversprechend sein wollen, sollten wir das eher durch Zurückhaltung, Abwarten, Feingefühl und Respekt vor ihrer und unserer Intimsphäre zu erreichen suchen.
Nicht immer sind für die natürliche Erfahrung der Nacktheit die Freikörperkultur und die FKK-Strände die besten Hilfen. Nacktheit um der Nacktheit willen kann ganz schön verkrampft wirken; dann wird diese Art von Natur für manche abstoßend unnatürlich.
Manche übertreiben mit ihrem Körper so, daß sie alles auf seine Wirkung setzen. Doch ist die gesamte Persönlichkeit für den anderen meist entscheidender als Sex-Appeal.
Auch das ist ein wichtiger Lernprozeß: Im Miteinander der Partnerschaft Befürchtungen und Schamgefühle zu überwinden, vor allem dann, wenn der menschliche Körper, wenn die Lust, die er uns zu schenken vermag, in der Erziehung mit einem negativen Akzent versehen war.
Die meisten können mit der eigenen Scham und der des Partners nicht gut umgehen. Denn Scham drückt irgendwie ein menschliches Ungenügen aus, und wer möchte das dem anderen zugeben. Dann ist es gut, sich und seine Ängste beim Partner aufgehoben zu wissen, weil er mit uns zusammen eine neue Intimsphäre nach außen aufzubauen bereit ist, je mehr die eigene Zurückhaltung gegenüber dem anderen aufgehoben wird.
Unser Körper will, daß wir uns mit Haut und Haaren ins Spiel bringen. Wer sich etwas wert ist, kann sich in diesem Spiel verlieren, ohne sich aufzugeben. Spiele müssen auch nicht am gleichen Tag gewonnen werden; und – sie können immer wieder von vorne beginnen.

In der Härte des Geschäfts hat der Sex für viele das Spielerische verloren. Wenn er nur noch als Mittel zum Zweck gesehen wird, werden auch nur Zwecke erreicht; selten Ziele. Dann liegt aber auch das große gemeinsame Ziel, miteinander die Einsamkeit durch Lust und Freude aneinander zu überwinden, in weiter Ferne.
Allmählich wird erkannt, wie gefährlich frühere Forderungen waren, beim Sex müsse man schnell zur Sache kommen. Für die Geduld und die Phantasie, die Wegbereiter der Lust, blieben weder Raum noch Zeit. In dieser Täuschung blieb auch die Lust meist, zumindest für einen Partner, enttäuschend.

„Eigentlich hatte ich große Angst vor ihm, weil ich schon eine Kette schlechter Erfahrungen hinter mir hatte. Als er mich in die Arme nahm und mit mir spielte, verflog meine Angst ...“

Verkäuferin, 18

Das Spiel macht den Menschen zum Menschen; es kennt zwar auch Gewinner und Verlierer; aber morgen kann es schon umgekehrt sein. Über die Spielregeln bestimmen die Partner selber. Sie sind solange richtig, solange das Ziel heißt, Freude zu haben und wieder spielen zu wollen.
Im Spiel lassen sich unsere Ängste, Befürchtungen, Unsicherheiten, Aggressionen abbauen. Und es gibt viele Ängste im Miteinander: Angst vor der Berührung, vor den wahren Absichten des anderen, vor dem Versagen, vor der Überforderung; Ängste, die aus der Erziehung kommen, aus der Erfahrung, aus Vorurteilen, aus der Religion.
Im Spiel werden diese Ängste vertrieben. Der Spieler kennt keine Gewalt, er ist offen und frei. Er wahrt die Intimsphäre des anderen so lange, bis der Mitspielende sich öffnet, bis die Intimsphären zusammenfließen, bis das „Spiel ohne

Grenzen“ möglich ist: ohne zu verletzten oder zu entwürdigen.

„Als meine Freundin nackt neben mir lag, ich hatte sie dazu überredet, schlug mir das Herz bis zum Hals. Beim Anblick dieser hilflosen Nacktheit überwältigte mich ein tiefes Gefühl der Dankbarkeit für diesen Menschen. Ich rührte sie nicht an …“

Student, 21

Zwar waren die Spielregeln durch die Überredung nicht ganz eingehalten worden; aber jeder Spielende kann, ohne dabei sein Gesicht zu verlieren, sich zurücknehmen und neu beginnen. Als sexuelle Wesen haben wir Freude am Leib des anderen; vorher aber muß die Freude darüber da sein, eine Frau zu sein, ein Mann zu sein; sonst wird der Leib des anderen Angst einjagen oder Ekel.
Wer mit seinem Geschlecht unzufrieden ist, wird seine Probleme dem Partner oder der Partnerin aufladen oder anlasten. Dieses Unrecht kann sich in einer steigenden Unlust auswirken.
Als Kinder haben wir mit uns und den Dingen um uns herum ganz selbstverständlich gespielt und sie so begriffen und angenommen. Als Jugendliche haben wir das Spiel abgetan; es ist kindisch, zu spielen. Als Erwachsene müssen wir das Spielen wieder lernen. Denn wer nicht spielen kann, ist krank und braucht Hilfe. Sexuell gesund ist, wer sich spielerisch entfalten konnte und dem anderen Zeit und Raum läßt, sich zu entfalten. Krank ist oder krank macht, wer seine sexuellen Erfolge abhaken muß wie die Treffer beim Computerspiel, wer routiniert, einfallslos, gewöhnlich und verzweckt denkt und handelt.

Nach dem Glauben leben

Ängste hat offensichtlich auch die Kirche darüber, wie unbefangen junge Paare mit ihrer Sexualität umgehen und mit ihr leben. Moralische Probleme dürfen sicher nicht verschwiegen werden. Doch sollten wir fragen, ob es richtig ist, erst ein Leben nach Glaube und Moral als Voraussetzung für ein Leben in der christlichen Gemeinde zu verlangen, statt umgekehrt durch ein Leben mit der Gemeinde zum Glauben und zu einem Leben nach dem Glauben zu führen.

Zum Schluß der Diskussion über die Verantwortung der Christen für ihr sexuelles Verhalten meldete sich ein junger Mann zu Wort. „Ich habe nicht euren Glauben, also habe ich weder eure Moral noch eure Probleme ...“

Jesus wollte die Menschen für sein Evangelium gewinnen. Er wählte den Weg der Überzeugung, nicht der Gewalt: Kommt ... seht ... glaubt ... lebt aus dem Glauben! Das ist, kurz gefaßt, seine Methode.
Dagegen wurde das Christsein oft zu einer Sache der Moral gemacht: Erst moralisch leben, dann glauben. Für viele wurde der Glaube und dann ein Leben nach dem Glauben wenig anziehend. Die Frohe Botschaft Jesu will den Menschen durch die Liebe Gottes entwickeln und durch die Nächstenliebe zur Reife bringen. Wer das glauben kann, wird versuchen, sein Leben und Lieben und auch sein sexuelles Handeln danach auszurichten; er wird sich als Glücksfall für den Partner verstehen; er wird Schaden für ihn abwehren oder vermeiden.

„Und meiden Sie alle schmutzigen Gedanken und Phantasien“, riet mir der Priester, als ich ihm von meinen Schwierig-

keiten erzählte. „Und lenken Sie sich ab; tun Sie was ganz anderes; beten Sie ...! Das sind die besten Mittel, um sich von sexuellen Gedanken zu befreien!“

Ob das wirklich so einfach geht, wie das im Beratungsgespräch vorgeschlagen wurde? Es wird immer sexuelle Träume geben, die uns bewegen; Wünsche, die uns treiben; Phantasien, die uns Hoffnung auf Erfüllung machen.
Es ist menschlich und christlich zugleich, die Gedanken und Phantasien so in Bahnen zu lenken, daß sie nicht einreißen und zerstören, sondern aufbauen. Sie sollen uns ja nicht nur zur Befriedigung helfen, sondern zur Befreiung, zur Freude, zum Glück. Um das zu erreichen, gehören zu einer verantwortlich gelebten Sexualität Liebe, Rücksichtnahme, Freundschaft. Das sexuelle Glück ist nicht das ganze Glück des Menschen. Das nur sexuelle Glück ist kurz, das lange Probleme schafft.

Er: Wenn du mich liebst, gehst du mit mir ins Bett.
Sie: Du weißt doch, daß ich dich liebhabe.
Er: Also ... !
Sie: Ich weiß nicht so recht; laß uns doch...
Er: Liebst du mich oder liebst du mich nicht?

Auch wenn es viele nicht wahrhaben wollen, weil sie die Verantwortung für den anderen nicht wahrhaben wollen: Für das ganze Glück eines Menschen gehören Sexualität und Liebe zusammen wie Sexualität und Lust. Deswegen muß der Christ anders leben. Aus seinem Glauben heraus, daß Gott uns alle liebt, kann er Liebe und Verantwortung von der Sexualität nicht trennen. Stärker als die „Sünde der Unkeuschheit“ müßte heute für den Christen die Verantwortung für den Geschlechtspartner herausgestellt werden. Wenn ich mit einem Menschen leibhaftig eins gewor-

den bin, kann mir sein künftiges Schicksal nicht gleichgültig sein.
Daher ist christlich gelebte Sexualität in der heutigen Gesellschaft so etwas wie ein alternatives Leben. Um des Menschen und um seiner Zukunft willen lohnt es sich, so zu leben. Denn das Ziel seiner Sexualität ist nicht die Wahllosigkeit, sondern der feste Bund.
In der Sprache der Bibel ist der Bund die engste Beziehung zwischen Gott und den Menschen; aber auch unter den Menschen selbst. Wenn Gott von seinem Volk für diesen Bund die Liebe fordert, gebraucht das Alte Testament dafür das gleiche Wort, wie es auch für die geschlechtliche Liebe von Mann und Frau verwendet wird. Wie Eheleute sich liebhaben, liebt Gott den Menschen ganz und gar. Es liegt eine beglückende Kraft in dieser Aussage. Schon in seiner sexuellen Liebe kann der Mensch seinem Gott begegnen.
Der Zusammenhang zwischen Gottesliebe und Liebe der Menschen ist für die Bibel so selbstverständlich, daß es in ihrer Sammlung ein kleines Büchlein gibt, das die menschlich-göttliche Liebeskraft in einer wunderschönen sexuell-erotischen Sprache besingt: das „Hohelied".
Lange Zeit wurde dieses nur acht Kapitel umfassende Büchlein mit seinen Liebesliedern fast totgeschwiegen oder umgedeutet: Es handle sich dabei um ein sinnliches Gedicht für die Liebe Gottes zu den Menschen, oder: in der menschlichen Sprache werde Gottes Liebe zur Kirche ausgedrückt. Aber es ist und bleibt ein erotisches Liebeslied, das glücklicherweise seinen Platz im Buch der Bücher behaupten konnte:

Schön bist du, meine Liebe,
hinreißend schön.

Das frische Grün
ist unser gemeinsames Lager der Liebe.

Seine Linke liegt unter meinem Kopf,
seine Rechte umarmt mich...

Komm, mein Geliebter,
wir gehen hinaus aufs Feld;
dort will ich dir meine Liebe schenken.

Zwei Menschen haben Freude aneinander. Sie freuen sich auf Lust und Liebe. Sie beginnen, das uralte Spiel der Liebe miteinander zu spielen. Zunächst noch ein wenig schüchtern und zaghaft vor dem Neuen, das auf sie zukommt. Deswegen spricht das Mädchen:

Ich beschwöre euch,
ihr Mädchen Jerusalems,
stört unsere Liebe nicht;
weckt sie nicht auf,
bis es ihr selbst gefällt.

Die Bibel selber wird in diesem Buch zum Fürsprecher der Liebenden, die zueinander unterwegs sind. Sie macht sich die schönen Bilder der Verliebten zu eigen:

Ein Apfelbaum unter allen Bäumen des Waldes
ist mein Geliebter unter allen Jungen.
In seinem Schatten will ich sitzen.
Seine Frucht ist voller Süße
für meinen Mund...

Herrlich und schön bist du, meine Freundin.
Dein Leib ist wie ein Weizenhügel
mit Blumen umstellt.
Deine Brüste sind wie junge Kitze,

wie die Zwillinge einer Gazelle.
Wie die Palme so gerade ist dein Wuchs,
deine Brüste wie Trauben.
Ich will die Palme ersteigen
und nach ihren Früchten greifen...

Die Heilige Schrift weiß: Wirklich Liebende haben als Argument für alles, was sie tun, nur ihre Liebe. Das genügt. Aber das macht sie auch so wehrlos nach außen. Deswegen ist die erste Zeit gekennzeichnet von „heiliger Zweisamkeit". Der Volksmund sagt zwar: Liebe macht blind. Doch in Wirklichkeit schenkt die Liebe, daß der Partner mit ganz anderen Augen gesehen werden kann.
Durch die Sexualität werden zwei Menschen aus der Einsamkeit herausgeführt. Aber die Liebenden spüren selbst sehr schnell: Was der Sex begonnen hat, kann er nicht vollenden; dazu fehlt ihm die Kraft.
Erst die Liebe führt weiter zur nächsten Stufe, zur Zärtlichkeit. Die Zärtlichkeit erobert den Innenraum des anderen, und damit wird möglich, was jeder zu seinem Lebensglück braucht:

Sehnen und ergreifen,
begehren und beglücken,
befriedigen und erfüllen,
schenken und empfangen,
genießen und befreien...

Impulse

Wir sind dankbar, daß Gott uns als Mann und Frau erschaffen hat, und daß wir uns als Mann und als Frau lieben können. Wir wollen das Geschenk der Lust und Freude aneinander genießen und füreinander Verantwortung übernehmen.

Das gilt besonders dann, wenn wir uns für eine gemeinsame Wohnung entschieden haben. Das Miteinanderwohnen ist für die Partnerschaft im Blick auf die Ehe ein wichtiger Schritt, der gut überlegt sein will.

Vieles läßt sich ausprobieren, was für eine Ehe wichtig ist: die gemeinsame Haushaltsführung, die partnerschaftliche Arbeitsteilung, aber auch Rücksicht, Verzicht und Versöhnungsbereitschaft. Je mehr gemeinsam geschieht, desto größer ist die Verantwortung.

II. Zärtlichkeit – blühen wie eine schöne Blume

Geschichte

Man hatte einen jungen Löwen gefangengenommen.
Jahrelang konnte er in seinem engen Käfig
nur wenige Meter hin- und hergehen.
Eines Tages jedoch wurde das Gitter entfernt.
Aber das Tier ging in gewohnter Weise
auf dem knappen Raum immer nur hin und her.
Erst als er eine Löwin erblickte,
wagte er es, sein eingebildetes Gefängnis zu verlassen.

Schriftwort

Mit menschlichen Fesseln zog ich sie an mich, mit Ketten der Liebe. Ich war für sie wie Eltern, die den Säugling an die Wangen heben.

Hos 11,4

Es ist Gott, der nach den Worten des Propheten Hosea so zärtlich zu den Menschen spricht. Dennoch gehört zu den unerlösten Seiten des Christen nicht nur die Sexualität;

auch mit der Zärtlichkeit, die sehr eng mit unseren sexuellen Empfindungen verbunden ist, gibt es große Schwierigkeiten. Obwohl jeder Mensch ein großes Bedürfnis nach Zartheit hat, obwohl Sexualität und Zärtlichkeit aus dem gleichen Feuer leben.

Zärtlichkeit lernen

„Als Kind kannte ich weder Zärtlichkeit noch Geborgenheit... Als ich das erstemal richtigen Kontakt mit einem Mädchen bekam, konnte ich ihm das schenken, was ich selbst nie bekommen hatte. An diesem Tag spürte ich, wie schön das Leben sein kann ...“

Student, 22

Meist laufen die Erfahrungen ganz anders. Wer keine Zärtlichkeit erfahren hat, keine streichelnde Hand, keinen lieben Blick, kein gutes Miteinander, tut sich schwer, selber eine Zartheit zu entwickeln und zu verschenken, die der andere zum Leben braucht.

Als Kinder erfahren wir die Zärtlichkeit am eigenen Leib, wir erproben sie im vertrauten Umgang mit Eltern und Geschwistern. Je zärtlicher, je gewaltfreier Eltern auch vor den Augen und Ohren ihrer Kinder miteinander umgehen, desto unbefangener werden junge Menschen zur Zärtlichkeit finden: Wie der Vater die Mutter küßt, wie die Frau ihren Mann begrüßt, welche zärtlichen Blicke sie tauschen, macht einen unauslöschlichen Eindruck bei ihren Kindern. Die allgegenwärtige Gewalt in unserer Gesellschaft ist meist nur die Verlängerung bitterer Erfahrungen: Die Brutalität in der Erziehung; die massiven Streitigkeiten bis zur Scheidung der Ehe; die jahrelange Unterdrückung eines Part-

ners durch den anderen fördern die gewalttätige Seite unserer Seele.
Damit wird es für viele junge Partner schwierig, wenn nicht unmöglich, ihre Beziehung über die gegenseitige Befriedigung hinaus zur Erfahrung der Zufriedenheit und des Glücks weiterzuführen.

„Ich will nichts als meine Lust", sagte ein Siebzehnjähriger zu seiner Freundin. Und er wunderte sich später darüber, daß er in seinem Leben auch nichts anderes bekam...

Die meisten Jugendlichen beginnen eine Beziehung sexuell hinreichend aufgeklärt. Von der Zärtlichkeit wissen sie wenig. Vielleicht nur soviel, daß sie Mittel zum Zweck ist, ein Vorspiel zur geschlechtlichen Vereinigung. Kein Wunder: Sexuelle Aufklärung sagt, wie man's macht. Die Zärtlichkeit lehrt, wie man wirklich liebt; wie man alle Gewalt und Rohheit ablegt.
Zärtlichkeit als Mittel zum Zweck ist ein Mißbrauch; Gewalt, Betrug, Hinterlist sind nicht weit entfernt.
Zärtlich zu leben und zu lieben setzt einen langen Lernprozeß voraus; auch Zärtlichkeit ist auf ihre Weise widersprüchlich und wird von den Partnern nicht immer richtig verstanden:
Zärtlichkeit kann sanft sein wie das letzte Licht des Abends und stark wie ein Sturm; sie ist kraftvoll in der Umarmung und zugleich vorsichtig-tastend. Sie ist sinnenhaft und doch dem Geistig-geistlichen nahe. Sie kann nüchtern und realistisch zugleich sein.
Die Zärtlichkeit ist göttlich, weil sie nicht aus unserer Welt stammt; und sie ist menschlich, weil sie den Menschen ganz und gar überwältigen und verändern kann.

Gott ist zärtlich

Ein uraltes Zigeunermärchen wird von Sippe zu Sippe weitererzählt:
Der liebe Gott kommt zu einem verzweifelten Mädchen. Die Stiefmutter hat etwas Unmögliches verlangt: weiße Wolle so lange zu waschen, bis sie schwarz ist.
Gott selber tröstet das ratlose Mädchen und bittet: Lause mich. Das Mädchen streichelt ihn zärtlich und beginnt im Haar Gottes nach Läusen zu suchen. Schließlich fragt Gott: Was hast du in meinem Haar gefunden?
Silber und Gold!, antwortet das Mädchen. Ich hoffe, davon wirst du leben können für lange Zeit, sagt Gott und ist verschwunden.

Leider reden wir nicht von Gott, wenn wir von Zärtlichkeit sprechen. Denn wer zärtlich ist, der handelt eigentlich wie Gott.
Üblicherweise bekommen wir einen blassen Gott vorgesetzt. Entweder kümmert ihn die Not der Menschen nicht, oder er ist ein Lückenbüßer; manchmal spielt er den Polizisten oder den großen Rächer. Anderen drängt er sich auf als Wächter über Schlafzimmer und Moral. So und ähnlich wurde uns Gott vorgestellt.
Die Bibel beschreibt Gott ganz anders: so wie ihn Menschen, die ihm begegnet sind, wirklich erfahren haben. Er ist zärtlich-leidenschaftlich, anziehend-verführerisch, tröstend und mitleidend. Ein Gott, der lebt und der liebt und der auf der Seite der Menschen steht.
Mehr noch, die Zärtlichkeit Gottes wird Mensch. „Als aber die Güte und Menschenfreundlichkeit unseres Gottes erschien ...“, schreibt Paulus über die Weihnachtsbotschaft in seinem Brief an Titus (3,4). In Jesus Christus ist Gott für uns lebendige Zärtlichkeit geworden.

Dennoch klingt es in christlichen Ohren wie eine Gotteslästerung, wenn wir von einem zärtlichen Gott sprechen. Unmöglich, von unseren Zärtlichkeiten auf die Zärtlichkeit Gottes zu schließen. Wenn wir unseren Kopf in den Schoß des Geliebten legen, wenn wir uns streicheln lassen, wenn wir uns küssen, wenn wir den ganzen Leib des anderen mit unseren Sinnen erfahren, denken wir am allerwenigsten an Gott.
Wir sprechen von der Gerechtigkeit Gottes, von seiner Allmacht; wir glauben an einen Gott, der lohnt und straft; bestenfalls erwarten wir einen barmherzigen Gott. Zärtlich ist unser Gott nie.
Zärtlichkeiten sind für uns so doppeldeutig, so sehr auch sexuell bestimmt, daß ein tiefer Graben liegt zwischen unseren zärtlichen und unseren religiösen Gefühlen. Deswegen bringen wir uns um die Erfahrung, wie zärtlich uns Gott begegnen will – gerade im Partner; wir tun uns schwer, Gott für diese Geschenke der Zärtlichkeit zu danken.

„Als ich bei der Bundeswehr war und man mir zum ersten Male einen Wochenenddienst aufbrummte..., da fühlte ich mich so richtig einsam und bedrückt trotz aller Kameraden. Mit dem Soldatsein konnte ich mich ohnedies nie richtig identifizieren. Das Wochenende darauf wieder zu Hause, hat mir meine Freundin nur durch ihre Zärtlichkeit so viel Schönes gesagt, daß ich noch wochenlang der glücklichste und dankbarste Mensch war...“

Student, 22

In der Zärtlichkeit liegt eine göttliche, eine den Menschen verwandelnde Kraft: Wir werden angezogen und angerührt, überwältigt und doch frei; wir geben uns hin und ergreifen zugleich Besitz. Das Feuer der Zärtlichkeit verwandelt das Leben. Gerade Christen sollten aus der frohen Botschaft

ihres Glaubens gegen alle Friedlosigkeit und Gewalt Botschafter der Zärtlichkeit sein.
Es ist die frohe Botschaft, daß Gott uns durch Jesus Christus ein Leben in Fülle schenken will. Diese Botschaft öffnet die Wege zu einer Kultur der Zärtlichkeit, die unsere Welt so bitter nötig hat. Die Zärtlichkeit der Christen muß eine sanfte Revolution in Gang setzen, die alle Gewalt im Kleinen wie im Großen hinwegfegt. Die Revolution beginnt dort, wo sie im Feuer der Zärtlichkeit am leichtesten entfacht werden kann, in der Partnerschaft.

„Unsere Umwelt erfordert Tag für Tag Härte, Rücksichtslosigkeit, Durchsetzungsvermögen, sogar Brutalität ...
Erst die Zärtlichkeit mit meinem Partner bringt mich dazu, meinen Panzer abzulegen und für ihn offen zu sein...
Manchmal dauert das sehr lange."

techn. Assistentin, 21

Zärtlichkeit öffnet uns für die Freuden und das Leid des andern. Franz von Assisi bietet uns dafür eines der wundersamsten Beispiele; seine Zärtlichkeit gilt nicht nur dem Menschen, er schenkt sie aller Kreatur, der ganzen Schöpfung. Vielleicht ist dieser Heilige aus dem 13. Jahrhundert deswegen für unsere Zeit wiederentdeckt worden, weil unsere gefährdete Welt ohne die zärtliche Sorge des Menschen zugrunde gehen kann:

Da ist der Wolf von Gubbio, ein Untier aus den umbrischen Bergen. Woche für Woche verbreitet der Wolf Angst und Schrecken, wenn er vor die Stadt zieht und sein Opfer fordert.
Franz tritt ihm völlig unbewaffnet gegenüber. Mit dem gewaltigen Tier schließt er einen Pakt der Zärtlichkeit, der beiden nützt: den Bewohnern der Stadt und dem Tier. In der zärtlichen Sorge füreinander können beide leben.

Zärtlichkeit schließt Verantwortlichkeit ein

Ein zärtlicher Mensch geht unbewaffnet auf den anderen zu; damit vermeidet er alles, was Angst einjagen könnte. Er sagt zu seinem Partner: Du hast von mir nichts zu befürchten. Du wirst von mir nicht ausgenützt und nicht als Mittel zum Zweck mißbraucht. Ich komme mit offenen Händen zu dir und nehme deine verwundbaren Seiten in meinen besonderen Schutz.
Wer einem zärtlichen Menschen begegnet, kann seinen Schützengraben verlassen, den er vorsorglich gebaut hat. Er kann die Waffen ablegen, die in unserer Gesellschaft so wichtig scheinen: Vorsicht und Vorurteil, Verschlossenheit und Egoismus, Besitzdenken und Machtgelüste, Vergeltung und Strafe.
Es ist ein Glücksfall, auf einen zärtlichen Menschen zu treffen. Zärtlichkeit vermeidet alles, was nach Druck, Gewalt und Zwang aussehen könnte. Das berüchtigte Wort: „Wenn du mich liebst, dann ...“ ist vielleicht die hinterhältigste Form von Gewalt unter Partnern; sie tötet die Zärtlichkeit genauso wie jede Form der Bestrafung. Der Entzug von Streicheleinheiten als Strafe oder Mittel der Rache läßt die Zärtlichkeit zu einer Ware verkommen, mit der Wohlverhalten bezahlt wird, oder macht sie zu einer Versicherung auf Gegenseitigkeit.

„Und ich hatte mich so auf ihn gefreut. Alles war vorbereitet. Sein Anruf traf mich wie ein Schlag: Ich sollte doch verstehen, daß das Treffen mit seinen ehemaligen Freunden für ihn ungeheuer wichtig sei, hatte er gesagt. Da habe ich in den Apparat geschrien: Und ich? Bin ich dir nicht wichtig?“

Friseuse, 18

Zärtlichkeit lehrt die Geduld, weil sie vom anderen nicht verlangt, alles aufzugeben, was ihm lieb und wert ist: Freundschaften, Interessen, Hobbys spielen auch über eine Partnerschaft hinaus eine wichtige Rolle. In einer Ehe müssen die Partner nicht alles und jedes gemeinsam haben und machen. Es genügt, daß sie sich haben.

Deswegen ist auch das Vertrauen und das Loslassenkönnen eine Form der Zärtlichkeit. Ich lasse dem anderen Raum und Zeit, damit er frei zurückkehren kann.

Zur Geduld gehört dann auch, daß die Intimsphäre des anderen solange nicht angetastet wird, solange es der Partner nicht will. So signalisiert zum Beispiel die Scham, daß die Angst vor dem anderen noch nicht in allen Bereichen überwunden ist; die Zärtlichkeit wird behutsam darauf Rücksicht nehmen, bis die Zeit gekommen ist. In der Zärtlichkeit liegt der Schlüssel für manches, was noch verschlossen ist: miteinander gehen, die Hand halten, zusammen lachen und weinen, sich streicheln und küssen, mit dem anderen Freud und Leid fühlen, Glück und Sorgen tragen und teilen.

Die Zärtlichkeit wird besonders durch die Stimmungen und Launen des Partners geprüft; aber sie läßt ihn gerade dann nicht allein, wenn er mit sich selbst nicht zurechtkommt.

Im Petting kommen die Partner zu einer der intensivsten, Leib und Seele erfassenden Formen der Zärtlichkeit. Die Zärtlichkeit wird nach allen Regeln der Kunst geprüft. Der Amerikaner Richardson schreibt von einer „gesunden Erfahrung der wachsenden körperlichen und geistigen Sensibilität“ füreinander. Die Partner können, weil sie nicht aufs Ganze gehen wollen und müssen, miteinander ein hohes Maß an Einfühlungsvermögen entwickeln, sie können die Vorfreude auf gemeinsames Glück genießen, zusammen

eine gemeinsame Intimsphäre aufbauen, die die Scham als Schutzwall gegeneinander nicht mehr nötig hat.
In dieser sehr fortgeschrittenen Form der Zärtlichkeit haben die Partner ein hohes Maß an Verantwortung füreinander. Je mehr sich der eine dem anderen erschließt und schenkt, je mehr buchstäblich vom anderen ergriffen und begriffen wird, desto drängender gibt man auch Schicksal und Zukunft in die Hände des anderen.
Im Petting wird die große Sehnsucht nach Einheit mit dem anderen hautnah erlebt, es wird ein Versprechen gegeben für jetzt und für alle Zukunft, und doch wird auch noch ein Stück Angst und Unsicherheit vor dem letzten entscheidenden und bindenden Schritt zum Ausdruck gebracht.
In der Entwicklung der beiden zueinander ist eine wichtige Stufe erreicht. Jetzt läßt sich ein wenig ausruhen und über den anderen und die gemeinsame Zukunft nachdenken. Behutsam und verantwortungsbewußt kann es dann auf dem Weg weitergehen; schon jetzt sind nicht nur Zärtlichkeit und Selbstbewußtsein gefragt, sondern wichtige Werte, die in einer Ehe selbstverständlich sind: Bindungsfähigkeit, Hingabe und Verzicht ...

„Zärtlichkeiten sollten sich nicht nur auf den Partner beschränken. Ich finde es zum Beispiel gut, wie zärtlich Menschen, nicht nur Freunde, in südlichen Ländern miteinander umgehen.“

Reisekaufmann, 24

Seit wir erkannt haben, daß der sexuelle Leistungsdruck, ausgelöst durch eine gewalttätige Aufklärung der 60er Jahre, eine Fehlentwicklung war, hat Zärtlichkeit einen neuen Wert bekommen. Leider geht es oft nur um die konkreten Zärtlichkeiten. Was die Partner aber vorrangig brauchen, ist eine Haltung der Zärtlichkeit, die sich nicht nur auf den

Geschlechtspartner bezieht, sondern auf alle Menschen. Ein wenig mehr Mut und Offenheit zum zärtlichen oder doch wenigstens einfühlsamen Umgang mit Nachbarn und Arbeitskollegen durch Worte und Blicke, durch kleine Aufmerksamkeiten oder Besorgungen, durch Ertragen von Belästigungen und Störungen baut Aggressionen ab und verbessert das Klima.

Die Haltung der Zärtlichkeit gilt auch der ganzen Schöpfung. Immer dann, wenn wir etwas Lebendigem begegnen, das unseren Schutz besonders braucht, ist unsere Zärtlichkeit gefragt: ein Kind, ein behinderter oder alter Mensch, ein Tier, sogar noch ein sogenanntes Unkraut.

Der zärtliche Mensch kann nur dann von einem zärtlichen Gott sprechen, wenn er selber das Zarte nicht zerbricht, das Verletzliche nicht verwundet, das Feine nicht zerstört. Die Empfindsamkeit, mit der wir eine Blüte betrachten, ein Kunstwerk sehen, ein Insekt schonen, ist Zärtlichkeit. Die Zartheit, mit der wir einem alten Menschen das Gesicht streicheln, ein weinendes Kind auf den Arm nehmen oder einen geliebten Menschen umarmen, ist Zärtlichkeit. Der zärtliche Mensch fordert gleichsam von sich selbst: „Mach's wie Gott, werde Mensch!"

Die Zärtlichkeit erfüllt sich nicht nur in Berührungen oder liebevollen Zuwendungen, sondern in der Aufmerksamkeit, anderen zuzuhören, Interesse zu zeigen, miteinander zu weinen, die Freude zu teilen. Wir sollten anfangen, die Bibel auch unter diesen Aspekten zu lesen, dann erkennen wir sehr schnell, wie sehr Jesus ein zärtlicher Mensch und ein zärtlicher Mann war. Gerade in den Zeichen, die er den Menschen schenkt, wird seine Zärtlichkeit spürbar und nachvollziehbar: wenn er einen Kranken umarmt, ein Kind in die Mitte nimmt, sich von einer Hure berühren läßt oder die Ehebrecherin nicht verurteilt.

Sexuelle Zärtlichkeit ist eine besonders schöne Form, dem anderen hautnah zu zeigen: Ich hab dich lieb. Nach der Sturm- und Drangzeit eines Paares, in der sexuelle Zärtlichkeiten den Alltag bestimmt haben, ist es wichtig, miteinander eine Kultur der Zärtlichkeit zu lernen, die geduldig auf den anderen eingeht; ihn nimmt, wie er ist; ihn sein läßt, wie er ist; seine Fehler im letzten noch als liebenswerte Eigenarten akzeptiert.

Impulse

Wir können Gott auch in unseren Zärtlichkeiten erfahren. Deswegen brauchen wir im Umgang miteinander nicht den Starken zu spielen. Im zärtlichen Vertrauen auf den Partner dürfen wir schwach sein.

Die Pflege der Zärtlichkeit ist in einer Partnerschaft besonders wichtig. Die Zärtlichkeit gilt aber nicht nur dem geliebten Menschen, sondern durch ihn der ganzen Schöpfung. Nur der zärtliche Mensch wird unsere Welt retten.

Die schönsten Worte der Zärtlichkeit lauten: Du, ich mag dich! Es ist gut, daß es dich gibt! Wir sollten uns diese Worte jeden Tag schenken.

III. Geborgenheit – sich zu Hause fühlen

Geschichte

Ein Schüler fragte seinen Meister:
„Wo findet der Mensch Geborgenheit und Sicherheit?"
„Er muß springen!" – „Springen?" fragte der Schüler.
„Ja, ins Ungewisse springen", erklärte der Meister,
„und darauf vertrauen, in die Hände Gottes zu fallen."

Schriftwort

Schau auf die Generationen alle:
Wer hat auf Gott vertraut und ist dabei zuschanden geworden? Wer hoffte auf ihn und wurde verlassen?

Sir 2,10

Ach, die Jugend heute! So stöhnen die Erwachsenen. Dieser Krach. Dauernd Hektik. Immer unterwegs. Nie sind die jungen Leute zu Hause; und wenn sie da sind, kommt man nicht zur Ruhe.
Dennoch ist die Sehnsucht der Jungen nach Ruhe und Geborgenheit groß. Sie sind unterwegs, um sich ein Land zu suchen, das sie sich vertraut machen können.

„Wenn ich nicht einschlafen kann, träume ich von einer Höhle. Sie gehört mir ganz allein. Die Höhle ist kuschelig und warm. In meiner Höhle bin ich sicher und geborgen.“

Hauptschülerin, 15

Geborgenheit schafft Vertrauen

Bewahren und loslassen, festhalten und freigeben, Vertrauen schenken, damit das Selbstvertrauen wächst, das sind Künste, die jedes Elternpaar lernen und lehren muß.
Im Schoß der Mutter waren wir geborgen; deswegen haben wir zu ihr eine Art Ur-Vertrauen entwickelt. Manche wollen aus dieser Höhle der Geborgenheit nicht heraus. Oder sie können es nicht mehr.
In dieser Situation kann der Vater wichtig werden, der den Sprung von der Mauer möglich macht. Und da ist der Vater, der rechtzeitig das Fahrrad losließ, damit sein Kind sich freuen konnte: Jetzt kann ich's ganz alleine.
Geborgenheit und Ablösung, beide Erfahrungen sind in der Familie lebenswichtig. Voraussetzung für beides ist das Vertrauen in Menschen und Räume. Was uns vertraut ist, schenkt uns die Gelassenheit, von diesem festen Stand aus Neues, Risikoreiches zu entdecken, auch einen Lebenspartner für sich zu finden. Wenn es den Heranwachsenden aus dem Haus drängt, er muß ja für seine Zukunft ein eigenes Dach finden, lebt er aus der Erfahrung der Sicherheit, die ihm die Eltern geschenkt hatten. Zum Schluß der Taufe eines Kindes heißt es beim Segensgebet über die Eltern: „Sei ein guter Vater für deine Kinder, damit sie erfahren, was es bedeutet, wenn wir sagen: Gott ist unser Vater ... Sei eine gute Mutter, und schenke deinen Kin-

dern ein wärmendes Zuhause, damit sie wissen, was es bedeutet, wenn wir sagen: Bei Gott sind wir daheim."
Es gibt Zeiten, da fühlt sich ein Mensch von allen Menschen verlassen. Nach einem schweren Vertrauensbruch, nach einer tiefen Enttäuschung. Dann ist er so allein gelassen, daß für ihn nur noch bei Gott Geborgenheit zu finden ist, oder er wird verzweifeln. Ein alttestamentlicher Beter spricht deswegen in einem Psalm so:

Nur eins erbitte ich vom Herrn,
danach habe ich Verlangen:
Im Hause des Herrn zu wohnen
alle Tage meines Lebens...
Denn er birgt mich in seinem Haus
am Tage des Unheils.
Im Schutz seines Zeltes beschirmt er mich.
Wenn mich auch Vater und Mutter verlassen,
der Herr nimmt mich auf ...

Psalm 27

Gott kann uns letztlich die schützende Wärme schenken, die wir zum Weiterleben brauchen; deswegen führt uns das Vertrauen zum Glauben, ist selber Religion. Gott darf aber nicht Lückenbüßer sein, wenn es mir schlecht geht; schon vorher muß ich ihn mir vertraut gemacht, zum Freund gemacht haben. Wenn er die Mitte meines Lebens ist, kann er auch die Mitte einer Partnerschaft werden. In jedem Punkt einer partnerschaftlichen Entwicklung können bittere Kältewellen auftreten; sollen die Partner dabei nicht erfrieren, ist es gut, sich wenigstens über Gott wärmen zu können.
So signalisiert unsere Sehnsucht nach Geborgenheit eine große Sehnsucht nach wahrer Religion: sich jederzeit aufgehoben zu wissen in der Hand Gottes.

Meist uneingestanden sind viele Menschen auf diesem Weg unterwegs zu Gott. Vielleicht nach dem Wort Barlachs: „Ich habe keinen Gott, aber Gott hat mich."
Auch für den tiefgläubigen Menschen kann es in seiner Partnerschaft zu Stunden kommen, die ihn wie Jesus am Kreuz aufschreien lassen: „Mein Gott, mein Gott, warum hast du mich verlassen?!"
Solche trockenen Zeiten müssen auch durchgestanden werden. Dafür kann es mehrere Hilfen geben: Einmal die Erinnerung an die frühere Geborgenheit im Kreis der Familie, dann das Gespräch mit Menschen, die solche Durststrecken bereits hinter sich gebracht haben. Für Christen sicher auch der Glaube, daß Gott an meiner Seite ist, auch wenn ich ihn nicht sehe.

Zwei sind besser als einer allein.
Wenn zwei zusammen schlafen, wärmt
einer den anderen; einer allein, wie soll
er warm werden?

Koh 4, 9.11

Die junge Liebe braucht ein wärmendes Nest; einen Raum, der Ruhe und Sicherheit bietet und damit Vertrauen und Geborgenheit aufbauen kann. Sie muß sich in dieses Vertrauen ungestört, vor allem ohne Mißtrauen von außen, ohne aufgeregte Neugierde oder vordergründige Sorge, einüben können. Wer das bißchen Geborgenheit ständig im Auto oder auf einer Parkbank suchen muß oder unter Ausflüchten und Lügen, gerät in Unsicherheit, wird gereizt und ungerecht.

„Am liebsten lag ich auf dem Teppich in seiner Studentenbude. Dort hatten wir am meisten Platz. Wir blätterten in Katalogen und Prospekten und träumten von der eigenen Woh-

nung. In Gedanken hatten wir sie schon fix und fertig eingerichtet ...“

Auszubildende, 19

Das gemeinsame Dach soll die Gemeinschaft stärken und alle Angriffe von außen abwehren. Schon das Ziel, eine gemeinsame Wohnung, schützt vor Mißtrauen: Wir ziehen zusammen. Wir wohnen beieinander. Das ist ein Versprechen, das trägt und Mut macht.

„Geborgenheit ist für mich wie Freundschaft. Im Augenblick fühle ich mich bei meinem Freund mehr aufgehoben als irgendwo sonst ...“

Auszubildende, 19

Die Freundschaft ist der andere Pfeiler einer Partnerschaft. Da fangen zwei als völlig Fremde miteinander an; sie kommen aus völlig verschiedenen Lebenssituationen; je mehr sie miteinander ein eigenes Land gewinnen, einander vertraut und Freund werden, desto sicherer wird die Partnerschaft reifen können.
Miteinander gehen, sich immer besser kennenlernen, Freundschaft schließen, zusammenziehen, das alles sollte ohne Hast geschehen. Im Aufeinander-Hören kann der uralte Rhythmus von Offenheit und Geheimnis, von Erfahrung und Zurückhaltung ungestört schlagen, bis die Partner schließlich mit Rut sprechen können:

Wohin du gehst, dahin gehe auch ich;
wo du bleibst, da bleibe auch ich.
Dein Volk ist mein Volk
und dein Gott ist mein Gott ...
Nur der Tod wird mich von dir scheiden.

Rut 1,16

In dieser Ruhe und Sicherheit kann auch die Erfahrung der Partner reifen, daß sie nicht nur Körper sind, sondern Geist und Seele haben, ganze Menschen sind.
Sie können sich so vertraut werden, daß alles selbstverständlich wird: Geben und Nehmen, Genommenwerden und Schenken.

„Geborgenheit bedeutet für mich, das Gefühl der inneren seelischen Entspannung zu spüren, wie früher auf Mutters Schoß. So ähnlich verspüre ich es an der Seite meiner Freundin."

Student, 19

Das Verlangen nach Tiefe und nicht nach oberflächlichen Gefühlen gehört ganz wesentlich zum Menschen. Vielleicht setzen die Partner anfangs alles Glückserwarten auf den Orgasmus; aber auch die ständige Wiederholung des sexuellen Höhepunkts bringt sie nicht in das tiefe Gefühl der Vertrautheit. Erst das aus dem Inneren kommende Gefühl, sich auf den anderen ganz verlassen, ihm in allem vertrauen zu können, schafft Zufriedenheit und Glück.

„Wenn ich doch diesen anonymen Brief nicht gelesen hätte! Erst wollte ich darüber lachen, daß mein Mann etwas mit seiner Arbeitskollegin habe; dann schnürte es mir die Kehle zu vor Angst, es könne etwas Wahres dran sein. Ich wurde mißtrauisch und fing an, ihn zu beobachten ..."

Hausfrau, 24

Mißtrauen ist der Todfeind des Vertrauens. Das Wort sagt schon, was zu erwarten ist: Mißverständnisse, Mißstimmungen. Dagegen hilft nur die Offenheit. Sie ist die beste Waffe gegen anonyme Verdächtigungen. Der Partner muß wissen, was läuft; und selbst die bittere Wahrheit wäre für eine Partnerschaft heilender als alle Andeutungen oder

Vorwürfe. Heimlichkeiten brechen einen Stein nach dem anderen aus dem gemeinsamen Haus des Vertrauens heraus.

Dennoch kann keiner aus seinem Leben solche Enttäuschungen oder auch Ärger, Unverständnis und Langeweile ausschließen. Auch solche Gefühle muß man in einer Partnerschaft ganz offen zeigen und loslassen können. Nur wenn der Partner darüber Bescheid weiß, kann er trösten, kann er mitleiden, kann sich gegebenenfalls auch ändern und damit all das schenken, was der andere gerade in dieser Situation dringend braucht. Vertrauen verlangt das vertraute Gespräch, das Außenstehenden nicht zugänglich gemacht wird. In Partnerschaften, die mißlungen sind, ging vermutlich als erstes diese Vertrautheit verloren. Plötzlich gab es andere, eine Freundin, einen Freund, die Eltern, die mehr wußten als der Betroffene selbst. Dann geht ein Riß der Unsicherheit durch die Gemeinschaft. In diesem Riß wird sich alles mögliche festsetzen, von Gedanken der Untreue bis zu finsteren Racheplänen ...

Deswegen gehört auch die Möglichkeit zur Vergebung und zur Versöhnung in den Raum der Geborgenheit. Für beide muß immer ein Neubeginnen möglich sein. Jede Bestrafung des anderen, die gemeinste Waffe ist wohl das hartnäckige Schweigen, weckt neuen Zorn und schürt das Feuer der Feindseligkeit.

Das Vertrauen der Partner muß so groß sein, daß auch ein Streit nicht alles Geschirr im Schrank zerschlagen kann. Die Signale zu einem Neuanfang sind oft sehr zaghaft und werden in der Hitze des Gefechts vom anderen übersehen oder falsch gedeutet.

Keine Auseinandersetzung sollte so geführt werden, daß der andere das Gefühl verliert, ich bin wichtig, ich bin etwas wert, ich werde gebraucht. Manchmal kann ein Streit, zum Beispiel in einer Eifersuchtsszene, gerade dieses Bewußtsein vermitteln. Das sollte aber dann auch dem Partner sehr deutlich gesagt werden.

Versöhnung stärkt das Vertrauen

„Jedesmal, wenn ich mich so richtig gut bei ihm fühle, steigt in mir auch die Sorge hoch, ob dieses Gefühl der Geborgenheit bestehen kann oder nicht doch durch irgend etwas von außen oder von innen gefährdet wird. Das ist die Frage, die mich in unserer Partnerschaft zur Zeit am meisten beschäftigt."

Studentin, 22

Die Illusion von der ewigen Wonne und einem ungetrübten Glück kann die Partner in einer falschen Sicherheit wiegen; das endet in der Regel mit tiefer Enttäuschung. Die Partnerschaft ist kein Kapital, aus dem es sich über Jahre hin leben lassen kann. Partner müssen täglich investieren.

Die Versöhnung ist ein heilsamer Einsatz auf die Partnerschaft. Manchmal braucht es die gleichen intensiven Bemühungen wie am Anfang der Liebesgeschichte, besonders dann, wenn sich durch dauernden Ärger Verkrustungen angesetzt haben.

„Jetzt bleibt uns nur noch die Scheidung!" berichtete die junge Frau.

„Mein Mann ist ein richtiger Autonarr. Um die Karren seiner Freunde kümmert er sich mehr als um mich. Und wenn er dann noch viel zu spät und total verdreckt in die Wohnung kommt, ist es bei mir aus ..."

Nach einer längeren Pause fragte ich die beiden, ob sie sich noch erinnern könnten, wann und wo ihre Liebesgeschichte begonnen habe! „Im Auto!“ platzte die junge Frau heraus. Es folgte ein befreiendes Lachen; und dann war es für beide nicht schwer, an den Anfang ihrer Liebe zurückzufahren und neu zu beginnen...

Beratungsgespräch

Die Erinnerung an den Anfang der Liebesgeschichte ist von großer Faszination. Partner sollten die Erinnerung daran pflegen und nicht nur in Gedanken dorthin zurückkehren.

Jede gute Ehe ist eine Kette von Versöhnungen. Gerade weil sich die Partner im gegenseitigen Vertrauen mehr leisten können als in einem letztlich unverbindlichen Zusammenleben, ist für sie schon vor dem Ende einer Auseinandersetzung der Neubeginn selbstverständlich.

In mancher Partnerschaft kann zeitweise dieses Neubeginnen Tag für Tag nötig sein. Es ist tröstlich, das zu wissen. Je weniger Zündstoff aufgespeichert wird, desto weniger Vertrauen und Geborgenheit geht verloren, desto weniger schmerzlich und niederdrückend sind die negativen Erfahrungen einer Partnerschaft: Es bleiben keine Wunden zurück, die nicht heilen können.

Vertrauen ist anvertrauen

„Lange hatte ich geschwiegen; zu lange. Ich fürchtete mich vor seiner entscheidenden Frage. Als er sie endlich stellte: Wollen wir heiraten?, brach es aus mir heraus. Nun mußte ich ihm alles erzählen: Von dem anderen Mann, den es in meinem Leben gegeben hatte; von dem Kind, das bei meiner Mutter aufwuchs...“

Arzthelferin, 23

Es gehört viel Vertrauen dazu, einem anderen seinen Körper anzuvertrauen. Noch schwieriger ist es, ihm seine Lebensgeschichte, die inneren Schwierigkeiten und Probleme zu erzählen.
Erst mit dem Vertrauen wächst auch die Fähigkeit zur Selbsterschließung. Mit der Offenlegung des Leibes ist noch lange nicht die Intimität der Seele erschlossen. Deswegen ist auch geradezu pervers, über den anderen schon am Anfang alles wissen zu wollen. Es gibt Zeiten, da kommt beim Partner kein Wort über die Lippen; dann wieder kann alles ausgesprochen werden, was einen bewegt. Die Partner müssen wissen: Gerade in der Eroberung und in der Hingabe der Seele kommen beide an ganz gefährliche Grenzen. Ungestraft werden diese Grenzen nicht überschritten, wenn der andere nicht kann oder noch nicht will.
Mit bohrender Ungeduld, mit Druck und Zwang ist nichts zu erreichen.
Auf der anderen Seite kann eine brutale Offenheit sehr viel Schaden anrichten, wenn der Partner nicht darauf gefaßt ist. Für die Erfahrung der Seele gilt letztlich das gleiche wie beim Begreifen des Leibes: Ein wenig Geheimnisvolles sollte immer bestehen bleiben; dann gibt es in einer Partnerschaft auch immer Neues zu entdecken.

Impulse

Jedem Menschen ist ein großes Vertrauen ins Herz gelegt. Aus diesem Urvertrauen entwickelt sich unser Vertrauen in Menschen, die wir lieben und die uns Geborgenheit schenken.

Die Erinnerung an das Vertrauen zu unseren Eltern läßt uns auch Gott trauen. Er ist es, der letztlich hinter unserem Vertrauen steht; er ist es, der uns in Enttäuschungen auffangen kann.

Der größte Feind einer Partnerschaft ist das Mißtrauen. Wir sollten ihm keinen Raum geben, sondern es durch das ehrliche Gespräch und durch einen Vorschuß an Vertrauen überwinden.

IV. Ehe – Gott mit in den Lebensbund nehmen

Geschichte

Gott selber faßte einst den Plan, die Menschen auf der Erde zu besuchen. Zuvor aber sandte er einen Engel. Der sollte prüfen, was den Menschen fehlte.
Der Engel kam zurück und sagte betrübt:
„Die Menschen sind zerstritten; sie leben in Feindschaft und führen gegeneinander Kriege."
Gott sagte: „Dann werde ich zu ihnen wie ein Liebhaber kommen."

Schriftwort

Ein neues Gebot gebe ich euch: Liebt einander, wie ich euch geliebt habe.

Joh 13,34

Junge Menschen sind auf der Suche nach dem, was ihre Partnerschaft, was ihre Liebe und Treue schützen kann. Auf dieser Suche kommen sie auch zur Religion. Sie hoffen, daß ihnen der Glaube hilft, Liebe und Treue zu bewahren.

„Ich stand da wie ein begossener Pudel. Vor der ganzen Gruppe hatte mich der Pfarrer bloßgestellt: Solange du mit deinem Freund unverheiratet zusammenlebst, kannst du in unserer Gemeinde keine Jugendgruppe führen...“

Apothekenhelferin, 22

Religion und Glaube, Kirche und Moral werden oft in einen Topf geworfen. Für Religion und Glaube, auch für die Kirche kann dabei nur selten etwas Gutes herauskommen; vor allem, wenn von den Partnern die kirchliche Moral so nicht anerkannt werden kann.
Moral kann sich ändern und hat sich immer geändert; das gilt besonders in Fragen der Sexualmoral. Junge Menschen möchten auch in ihrer Partnerschaft moralisch, das heißt verantwortungsbewußt, leben. Hinter der Moral steht der Glaube. Also ist es richtig, erst einmal zum Glauben zu finden, um dann nach diesem Glauben leben zu können, und nicht umgekehrt.

„Das erste, woran ich dachte, als ich mit Sabine so richtig glücklich war: Jetzt mußt du Ordnung in dein Leben bringen. So kannst du nicht weitermachen, wenn du Sabine wirklich liebst.“

Student, 24

Sein Leben ordnen, neu ausrichten, das ist ein religiöser Schritt. Es ist der Versuch, dem Leben eine neue Zukunft zu geben. Die Kirche hat die Aufgabe, einer jungen Liebe auf den richtigen Weg zu helfen, Werte zu vermitteln, Verantwortlichkeit zu lehren. Sie trifft mit diesem Auftrag auf die Erwartungen eines jeden Paares. Das Paar möchte es für sein Leben anders machen, möchte seine Liebe geschützt wissen.
Statt dessen wird die Kirche oft als eine Einrichtung erlebt,

die unerfüllbare Gesetze macht und moralische Höchstforderungen stellt. Deswegen schwingt gerade für Christen in der Partnerschaft vieles mit, was sie über Liebe und Sex in der Kirche gehört haben: viel Schönes über die Nächstenliebe; Unerreichbares über die Liebe zu Gott; eine Menge Vorbehalte gegenüber der Liebe zweier Menschen zueinander. Ob das Jesus so wollte?

Jesus wirbt um die Menschen

„Zugegeben, ich bin nur wegen meiner Freundin mit in die Bibelabende gegangen; ich ging auch nur wegen ihr in den Gottesdienst. Aber was im Bibelkreis über Jesus gesagt wurde, hat mir ganz neue Einsichten gegeben ...“

Student, 20

Jesus wirbt um den Menschen auf seine, auf eine ganz andere Art, als wir es heute oft erleben. Er sagt: Komm, schau dich um, mach deine Erfahrungen mit mir. Dann glaube, daß ich für dich der richtige Weg bin. Wenn du das eingesehen hast, gehe diesen Weg, und du wirst dein Glück finden.

Deswegen ist Jesus im Umgang mit Menschen so unkompliziert. Er gefährdet sogar seinen guten Ruf, wenn er sich mit der Ehebrecherin auseinandersetzt oder sich von der stadtbekannten Dirne in aller Öffentlichkeit Zärtlichkeiten schenken läßt. Die Begegnung mit Jesus verändert die Menschen. Sie können auf neue Weise leben und lieben. Über die Sünderin sagt er: „Weil sie viel geliebt hat, wird ihr viel vergeben.“ Daraus folgert der 1. Petrusbrief: „Die Liebe deckt viele Sünden zu.“

Jesus hat nichts Negatives über die Liebe zweier Menschen gesagt; es gibt von ihm auch keine Sexualvorschriften. Er hat nur ein paar ganz einfache Sätze gesagt für das Zusammenleben der Menschen, und die gelten auch für das sexuelle Leben: Liebe deinen Nächsten wie dich selbst! Und: Liebt einander, wie ich euch geliebt habe! Durch die Liebe zu sich und zum anderen soll der Mensch ganz Mensch werden. Das ist die ungeheure Chance der Liebenden, das ist für sie die Stunde der Religion. Ein Mensch, der liebt, kommt Gott ganz nah. Ob er das ausdrücklich anerkennt oder nicht. Deswegen schreibt Johannes: Gott ist die Liebe. An dieser unteilbaren Liebe nimmt der Mensch auf göttliche Weise teil.

„Wir leben seit drei Jahren zusammen. An eine Heirat oder kirchliche Trauung denken wir nicht. Dennoch fühlen wir uns als richtige Eheleute. Für uns ist Ehe eine Privatsache, in die sich niemand, weder Eltern noch Kirche, einmischen sollte...“

Einzelhandelskaufleute, 24, 22

Zum Leidwesen der Eltern und der Kirche haben sich viele junge Leute vom direkten Einfluß abgekoppelt, wenn es um ihre Partnerschaft geht. Sie suchen sich einen Freiraum, der ihnen ganz allein gehört. Beruf und Gesellschaft verlangen ihre Tribute, die man zahlen muß, vielen Forderungen kann man sich nicht entziehen; desto intensiver soll der letzte Rest eines privaten Lebens geführt werden. Auch in der Urkirche war die Ehe der wichtige private Raum, in dem auch der Glaube gelebt werden konnte. Noch war das Christentum zu schwach, um auf die große Politik oder auf die Wirtschaft Einfluß zu nehmen; so sollte wenigstens in Ehe und Familie der neue Weg, den Jesus verkündet hatte, gegangen werden. Die Heiden reagierten darauf mit der erstaunten Feststellung: Seht, wie sie einander lieben.

In diesen privaten Raum gehören heute Sexualität, Partnerschaft und Ehe, Kinder und Familienleben. „Da hat mir nicht einmal der Papst etwas hineinzureden“ ist ein vielgehörtes Wort unter jungen Katholiken. In diesen privaten Raum werden auch langerhaltene Tabus miteinbezogen: Familienplanung, Abtreibung, Ehescheidung.
Über allem aber steht der Wunsch, daß die Liebesbeziehung glückt, auf Dauer gelingt. Kamen für eine Ehe früher viele Hilfen von außen, zum Beispiel durch die Großfamilie oder die Tradition, so sind junge Paare jetzt weitgehend auf sich selbst angewiesen. Das hat auch seine Vorteile: Je weniger die typischen Rollen als Mann und Frau gespielt werden müssen, desto tragfähiger kann eine Gemeinschaft werden.
Die Kirche kann ihr Ehemodell nicht einfach aufrechterhalten. Sie muß auf die Fragen der Partner eingehen oder an ihnen scheitern. Das bedeutet nicht, daß die Kirche ihre zutiefst christlichen Positionen aufgeben müßte; im Gegenteil. Das Liebes- und Ehemodell von Jesus entspricht geradezu den Erwartungen der Jungen. In dem Versprechen der lebenslangen Treue, der besonderen Versöhnungsbereitschaft und Leidensbereitschaft auch in „bösen Tagen“ liegt die Alternative zu einer relativ unverbindlichen, weil widerruflichen Gemeinschaft.
Für junge Leute kann es geradezu ein Schock sein, wenn sie erkennen, daß politische Mehrheiten, die ja ständig wechseln können, moralische Kraft besitzen sollen. Um so wichtiger wäre es, wenn wenigstens die Kirche ihnen einen festen Halt geben könnte.

Das Problem der Reife

*„Wann ist einer schon ehereif?
Obwohl wir beide gut zusammenpassen und deswegen auch seit fünf Monaten zusammenleben, fühle ich mich für die Ehe noch nicht fähig. Nicht, daß ich Angst hätte; aber ich will meine Freundin nicht enttäuschen..."*

Bäckergeselle, 25

Heute eine gute Ehe zu führen ist sicher nicht leichter geworden; auch wenn den Eheleuten viele Hilfen zur Verfügung stehen, wie zum Beispiel die Eheberatung.
Die Erwartungen und die Anforderungen an eine Ehe sind aber auch gestiegen: Wo früher Zufriedenheit genügte, will man heute das große Glück; finanzielles Auskommen wird durch Ausgaben, die das Prestige verlangt, gefährdet.
Dazu kommt, daß die frühere soziale Kontrolle durch die Großfamilie, daß die Bindung durch Traditionen, Brauchtum und den „guten Ruf" jetzt weitgehend durch die Eigenverantwortung der Partner ersetzt werden muß. Und das wieder bedeutet heute nicht selten, dann alleine gelassen zu sein, wenn die Probleme kommen.
Wer aber gewohnt ist, alleine zu entscheiden, hört keine anderen Argumente mehr, wird oft vorschnell ein Urteil fällen, dessen Auswirkungen er dann auch wieder alleine tragen muß.
Viele Partnerschaften scheitern an der mangelnden Reife. Es gibt eine Reihe von Kennzeichen für die Ehereife eines Menschen, die wenigstens im Ansatz bei den Partnern vorhanden sein müssen.
Natürlich geht keiner perfekt in eine Ehe; die Partner werden miteinander und aneinander reifen; mancher wird das, was dem anderen fehlt, ersetzen oder ergänzen müssen.

Die wichtigsten Merkmale, die in der Ehe zum Ausreifen gebracht werden sollen, sind:
Selbstbewußtsein und Wertgefühl: Wer von starken Minderwertigkeitskomplexen gequält wird, wer sich selbst wenig oder nichts wert ist, kann schwerlich erwarten, für den anderen liebenswert zu sein.
Vertrauensfähigkeit: Wenn mir ein Mensch sein Lebensschicksal in die Hände legt, muß ich mit dem entsprechenden Vertrauen antworten können, ihm nicht nur Geborgenheit schenken, sondern mich ihm ebenso anvertrauen und übergeben können.
Versöhnungsbereitschaft: Jeder Partner sollte einen Schlüssel haben, der einen Streit lösen und Probleme überwinden kann. Dazu gehört auch die Fähigkeit, relativ leicht vergeben zu können und vergessen zu wollen; sich zurücknehmen und sich entschuldigen zu können; auch dann das erste Wort zur Versöhnung zu finden, wenn man nicht an der Auseinandersetzung schuld war.
Leidensfähigkeit: Eine gewisse Tragfähigkeit ist für beide Partner gleich wichtig, vor allem dann, wenn es Schweres, wie eine Krankheit, Unfallfolgen oder auch Neid und Mißgunst anderer, zu ertragen gibt.
Ausgleichswille: Es kann nicht immer glatt gehen, wenn gemeinsame Entscheidungen getroffen werden müssen, die zum Beispiel die Kindererziehung, den Hausbau oder die berufliche Zukunft eines Partners betreffen. Die Fähigkeit zum Ausgleich der Interessen und Vorstellungen muß einen Bruch verhindern können.
Schließlich gehört auch das Genießen- und das Loslassenkönnen zur Ehereife. Ein guter Partner muß gleichermaßen Lust empfinden und Lust schenken, aber auch loslassen und verzichten können.
Für alle diese Merkmale muß wenigstens bei beiden der

gute Wille vorauszusetzen sein, wenn die Partnerschaft Dauer haben soll. Alle anderen Wünsche, endlich ein eigenes Heim zu besitzen, sich eine Ordnung nach der persönlichen Überzeugung zu schaffen, von der Familie loszukommen, aus der man entstammt, kommen dann sicher für die Entscheidung zur Ehe hinzu, sind aber für sich allein nicht ausreichend; genau so wenig wie die Illusion, mit einem Traumpartner das große Los für immer gezogen zu haben.

Warum eine kirchliche Trauung?

„Eine Hochzeit in Weiß! Das war schon immer mein Traum. Und deswegen wollte ich schon immer in der Kirche heiraten... Aber auch, weil für mich ‚in der Kirche heiraten' mehr ist, als nur standesamtlich verheiratet zu sein ...“

Verkäuferin, 23

Ganz zaghaft klingt die Frage nach dem Mehr auf, das eine kirchliche Trauung dem Paar zu allem anderen, was wichtig ist, bringen soll. Andere sagen kühl: Ich wüßte nicht, wozu wir den Segen des Pfarrers brauchen. Auf das bißchen romantische Feierlichkeit und die rührselige Sentimentalität in der Kirche kann ich verzichten.
Gerade diese Festlichkeit, die die Kirche im Gegensatz zu den meisten standesamtlichen Trauungen noch bieten kann, wird von vielen erwartet; sie ist sogar weitgehend das erste Argument für eine kirchliche Trauung. Alle Lebenswenden des Menschen, angefangen bei seiner Geburt bis zum Tod, sind mit Feiern verbunden. Warum ausgerechnet bei einem der Höhepunkte des Lebens darauf verzichten?
Allerdings wird die kirchliche Feier künftig deutlicher darauf eingehen müssen, daß die Gemeinschaft der beiden

schon viele Erfahrungen hinter sich hat. Oft wird im Trauungsritus noch so getan, als sei da nichts gewesen, als beginne alles erst jetzt. Es sollte in der Kirche nicht verschwiegen werden, welche Stufen das Paar bereits genommen hat; dann kann die weitere Begleitung viel ehrlicher angeboten werden.
Wenn die Partner für ihre Trauung das Trauversprechen selber formulieren können, werden sie das miteinbringen können, was sie auf dieser wichtigen Stufe der gemeinsamen Entwicklung bewegt. Es werden andere Worte sein, aber dem Sinn nach wird all das ausgedrückt, was im traditionellen Eheversprechen zu formelhaft geworden ist. Ein Paar versprach sich die Ehe so:

Ich will dein Mann sein für alle Zeit,
ich will an deiner Seite stehen
und dein Schicksal in meine Hände nehmen.
Unsere Liebe sei auch weiterhin das Band,
das uns zusammenhält und losläßt,
damit wir einander finden und tragen
an allen Tagen unseres gemeinsamen Lebens.

Dann erwartet das Paar von der Trauung in der Kirche mehr als nur Feierlichkeit. Es erwartet die Bestätigung all jener Werte, die es schon bisher als besonders wichtig für das gemeinsame Leben angesehen und erfahren hat: Treue und Gesprächsbereitschaft, Ehrlichkeit und Verläßlichkeit, Versöhnungsbereitschaft und Tragfähigkeit.

Seid gesegnet in euren Plänen und
Hoffnungen,
seid gesegnet in euren Wünschen und
Träumen,

seid gesegnet mit euren Familien und Freunden.
Gesegnet sei eure Arbeit und eure Sorge,
gesegnet sei eure Lust und euer Leid,
gesegnet sei eure Liebe und euer Glück …

aus einem Brautsegen

Von den Paaren wird das ersehnte Glück oft mit Gott in Verbindung gebracht. „Für immer wollen wir nicht ohne den Segen Gottes zusammenleben. Irgendwann werden wir auch kirchlich heiraten." Paare, die „nur so" zusammenleben, gebrauchen diese formelhaften Worte gerne.
Denn so groß, wie die Ängste vor einem Scheitern der Beziehung sind, so groß sind auch die Hoffnungen auf ein gelingendes Glück. Dieses Glücks will man sich in der Kirche versichern. Selbst wenn sich magische Vorstellungen und abergläubische Überlegungen mit diesem Wunsch nach Segen mischen, sollte die Kirche diese Hoffnungen stützen. Der Segen der Kirche über das Paar ist die dringende Bitte an Gott, dem Paar mit seiner Liebe beizustehen.
Es darf nicht vergessen werden, daß durch das Fest, durch standesamtliche und kirchliche Trauung das Paar aus dem privaten Bereich heraustritt und in aller Öffentlichkeit zueinander Ja sagt. Das kann für die Bindung der Partner nicht ohne Bedeutung sein: Beide akzeptieren vor der Gesellschaft und vor der Kirche, damit vor Gott, die besondere Verantwortung füreinander und für die Kinder.

Ehe als Zeichen Gottes

„Als wir Freunden von den Schwierigkeiten unserer Ehe erzählten, bekamen wir immer die gleiche Antwort: Laßt euch halt scheiden. Heute sind wir froh, daß wir mit Hilfe der Eheberatung unsere Krise überwunden haben."

Hausfrau, 29

Die Ehe zwischen Hoffnung und Scheitern verlangt nach besonderem Schutz und nach Hilfen. Leider scheint unser Staat nicht mehr so deutlich wie früher zu diesem Schutz bereit zu sein; schlimmer noch, letzte, wichtige Ehewerte wie die Dauer und die Treue scheinen verfügbar, veränderlich und damit fragwürdig zu sein.
Da ist es gut, wenn in der Kirche noch ein fester Halt gefunden werden kann, auch wenn die starke Betonung der Unauflöslichkeit der Ehe große seelsorgerliche Probleme schafft.
Die Welt Gottes ist fest. Wer glaubt, kann sich an dieser Welt Gottes festhalten. Der an seiner Ehe Gescheiterte leidet unter der Unauflöslichkeit seiner Gemeinschaft schwer, besonders wenn er nach einer neuen Partnerschaft und Lebensordnung sucht; für die Ehe selbst ist der Grundsatz, „was Gott verbunden hat, soll der Mensch nicht trennen", ein starker Schutz.

„Ehe sehe ich nicht nur als einen Bund zwischen zwei Menschen. Es ist auch ein Bund der Menschen mit Gott. Dieses Bewußtsein ist vielleicht nicht weit verbreitet. Für mich ist es aber ein gutes Gefühl, daß es einen gibt, der mich gern hat, vor allem dann noch, wenn ich etwas angerichtet habe."

Student, 21

Was vom Partner erwartet wird, wird auch von Gott wie selbstverständlich vorausgesetzt: Ich bin angenommen. In

einer Umfrage bezeichneten das 60% aller Jugendlichen zwischen 15 und 25 Jahren als das höchste Glück.
Für die Kirche ist es wichtig, diese Annahme durch Gott noch erfahrbarer, noch greifbarer zu machen. Auch noch so notwendige Gesetze und Verordnungen dürfen diese Ahnung nicht blockieren. Wir müssen die Hoffnungen auf eheliches Glück bestärken, zum Beispiel auch im Traugottesdienst. Dann wird die Feier, vor allem wenn sie nicht durch Dritte moralisch erzwungen wurde, als hilfreich, wichtig und tragend empfunden.

„Ich habe nur eine Forderung an meine Kirche: Sie soll meinem Glück nicht im Wege stehen. Doch ich habe eher den Eindruck, in der Kirche geht es mehr um Recht und Gesetz als um den Menschen. Vielleicht liegt es daran, daß in der Kirche immer noch die Unverheirateten das Sagen haben ...“

Abteilungsleiter, 30

In erster Linie sind die Eheleute selbst für ihr Glück verantwortlich. Sie entscheiden partnerschaftlich, welchen Weg sie miteinander gehen wollen. Dennoch hat die Kirche den Eheleuten etwas zu sagen. Sie soll die Botschaft Jesu weitergeben; und diese Botschaft ist ein Evangelium, eine gute Nachricht, die auch für das Glück in der Ehe Bedeutung hat.
Bei Jesus gibt es keine besondere Rolle für Mann und Frau; in ihren Beziehungen sind sie gleichwertige Partner, und die Treue ist die Aufgabe beider. Gott will, lehrt Jesus, daß Mann und Frau so sehr in Liebe einander verbunden sein sollen, daß eine Scheidung gar nicht in Erwägung gezogen wird. Wer mit dem Gedanken an Scheidung spielt, geht am Willen Gottes, damit am Kern der Ehe vorbei.
Treue ist möglich. Das muß die Botschaft der Kirche für

die Ehe sein. Das schließt aber nicht aus, daß auch der Gescheiterte noch auf die Treue Gottes rechnen kann.

„Was heißt eigentlich, die Ehe ist ein Sakrament? Taufe oder das Brot in der Messe, das verstehe ich unter Sakrament. Aber meine Ehe?“

Ingenieur, 28

Wir Menschen brauchen Zeichen. Unser Leben verlangt nach Gesten, die uns bestätigen, was wir hoffen oder ahnen. Und selbst einer, der alles weiß, der sich seiner Liebe ganz sicher ist, hofft auch auf die Zeichen der Liebe. Wenn einer ständig sagt, ich liebe dich!, aber diese Liebe nie durch eine Zärtlichkeit bestätigt; wenn einer sagt, mit dir bin ich glücklich!, und dieses Glück nicht durch die Treue bestätigt, bleibt das gemeinsame Leben dürftig.

Gott bestätigt das, was er sich unter einem geglückten Leben vorstellt, mit einem Zeichen. Im Zeichen der Liebe, das sich die Partner in der Ehe schenken, verwirklicht er seine Liebe zu den Menschen.

Alles, was mit der Liebe zu tun hat, hat mit Gott zu tun und ist damit sein Zeichen: „Er stärkt und trägt die menschliche Liebe und Treue mit seiner Treue und Liebe.“ So formuliert schon das Konzil von Trient in der Mitte des 16. Jahrhunderts.

Wenn ein Christ in aller Öffentlichkeit, unter Zeugen, zu dieser Liebe und Treue Gottes steht und sie in seinem Leben mit dem Partner bestätigen will, setzt er dieses Zeichen. Der Priester der Kirche, die ganze Gemeinde sind dabei nur Zeugen.

Gottes Zeichen haben Dauer. Wie er seine Liebe zu uns Menschen nie widerruft, sollen die Partner ihr feierliches Versprechen nie zurücknehmen. Durch die kirchliche Trauung machen die Partner mit ihrer Liebe Ernst. Sie sind

Schritt für Schritt bei einem Punkt angekommen, an dem es kein Zurück mehr gibt.
Und doch ist der feierliche Eheabschluß nicht das Ende eines Entwicklungsprozesses. Der Weg führt jetzt weiter zur Freundschaft, zur völligen Vertrautheit und Einheit in der Ehe. Mann und Frau müssen lange genug verheiratet sein, um diesen Stand zu erreichen.

„Ich bin sehr dankbar, wenn ich am Abend, bevor wir gemeinsam zu Bett gehen, bei meinem Tagesrückblick merke, daß wir in unserer Ehe wieder einen schönen Tag verlebt haben, uns ein Stück näher gekommen sind und beide dazugelernt haben…"

Krankenschwester, 24

Auch nach der Eheschließung braucht die Partnerschaft neuen Schwung, der sie weiterträgt.
Eine Liebe kann absterben, wenn nichts mehr eingebracht wird, wenn sie selbstverständlich ist, wenn sie bewußt gefährdet wird. Wenn diese Gefahr droht, ist es gut, den Beginn der Beziehung lebendig zu halten, sich an das Fest zu erinnern und sie dadurch zu erneuern:

Manchmal haben wir keinen Wein mehr, manchmal sind unsere Krüge leer. Manchmal sind wir wie ausgebrannt: ja dann, Herr, schenk uns ein Fest.

Lied zur „Hochzeit von Kana"

Wie die Kirche den Mut haben muß, die freie und unauflösliche Ehe zu verkünden und zu verteidigen, muß sie auch den Mut haben und die Phantasie aufbringen, jungen Paaren den Idealfall Ehe schmackhaft zu machen; statt über die steigenden Ehescheidungszahlen zu jammern, die Treue als Wert und schönes Ziel herauszustellen für „gute und böse Tage".

Diese Erfahrung macht jeder: Jeder gemeinsame weitere Schritt, jede errungene Stufe bringt auch Krisen und Gefährdungen mit sich. Mit der Begleitung der Partner durch alle Krisen ist auch die Kirche herausgefordert. Denn für viele Fälle gilt: Wo eine Ehe scheiterte, fehlten oft Gott und die Kirche.

Der Glaube als Hilfe

„Als mein Mann mir den Ehebruch endlich eingestand, war ich völlig verzweifelt.
Ich wollte alles aufgeben, Kinder, Haus, alles. Ich dachte sogar an Selbstmord.
Doch mein Mann selber und mein Glaube halfen mir über diese schreckliche Erfahrung hinweg. Ich weiß nicht, was passiert wäre, wenn ich keinen Glauben gehabt hätte."

Ehefrau, 19 Jahre verheiratet

Auch kirchlich geschlossene Ehen geraten in Krisen und können scheitern. Das liegt an der Schwäche und der Verführbarkeit des Menschen; es ist gut zu wissen, daß der Partner genauso schwach und verführbar ist wie man selber. In dieser Situation kann der Glaube eine wichtige Hilfe sein.
Viele Partner müssen erst zum Glauben geführt werden, wenn sie den Wunsch äußern, sich kirchlich trauen zu lassen. Der Wunsch nach mehr Festlichkeit allein kann sicher nicht genügen. Diesen Glaubensdienst bietet die Kirche sehr selten an; die Teilnahme an einem Eheseminar kann da höchstens Anstöße geben.
Deswegen sollten bereits zusammenlebende Paare nicht zur kirchlichen Trauung gedrängt werden, nur damit „alles

seine Ordnung" hat. Es ist besser, erst im Glaubensgespräch die Ängste und Sorgen, die Hoffnungen und Erwartungen aufzugreifen.

„Wir danken Ihnen für Ihren Besuch bei uns. Sie werden es vielleicht gemerkt haben, daß wir auf Ihre vorwurfsvolle Frage gewartet haben, warum wir nur so zusammenleben? Wir hatten uns schon alle möglichen Antworten zurechtgelegt.
Nach diesem Gespräch mit Ihnen möchten wir uns jetzt doch über die kirchliche Trauung unterhalten..."

Brief eines Paares an den Gemeindepfarrer

Für ein intensives Gespräch bleibt in der unmittelbaren Vorbereitung auf die Trauung oft wenig Zeit. Und dieses Gespräch wird dazu noch oft durch die Voraussetzung unmöglich gemacht, sich zuerst an der kirchlichen Sexual- und Ehemoral zu orientieren.
Aus verschiedenen Gründen befürchten die Partner zunächst einmal in diesem Gespräch die Be- oder Verurteilung ihrer vorehelichen Sexualpraxis oder ihrer Methoden zur Familienplanung. Aber es geht zuerst darum, dem Paar einen Zugang zu Gott zu vermitteln, dessen Wort und Treue zur tragenden Kraft einer Ehe werden kann. Wer diesen Gott akzeptiert, wird sich auch für sein Leben etwas sagen lassen.
Die schönsten Erfahrungen des Lebens sind Geschenke: die Lust, die Liebe, die Treue des Partners, das Glück. Sie können weder verdient noch gewonnen werden. Wer weiß, daß Gott uns das alles schenken will, wird sein Leben und sein Lieben leichter nach dem Willen Gottes gestalten können.
Wenn die Partner sich am Glauben orientieren, kann die christlich geschlossene und gelebte Ehe zur Alternative werden zu den verschiedensten anderen Versuchen, mensch-

liche Gemeinschaft zu pflegen. Denn alle anderen Arten einer Partnerschaft können die große menschliche Sehnsucht nach Einheit und Treue, nach Liebe und Geborgenheit nur teilweise, also nur unvollkommen erfüllen.
Ehe auf Zeit, Probeehe, Freundschaftsehe, Lebenskameradschaft oder wie die eheähnlichen Verhältnisse alle genannt werden, sind und bleiben in der Regel unvollkommene Versuche, miteinander das Glück zu finden.
Auf dem Fundament des Glaubens können die Partner ihre Liebe und Ehe zu einer tiefen Freundschaft entwikkeln: zu einer menschlichen Gemeinschaft, hinter der Gott steht. Mann und Frau können in Richtung auf ein großes Ideal leben, das sie zwar nie ganz erreichen, das aber schon für alle, die dorthin unterwegs sind, ein hohes Maß an Glück bereithält.
Jesus sagt: „Es gibt keine größere Liebe, als wenn einer sein Leben hingibt für seine Freunde" (Joh 15,13).
Diese menschliche Hingabe für einen anderen hat viele Namen und viele Gesichter: die geschlechtliche Hingabe; das gemeinsame Tragen von Leid und Not; den guten Ruf um eines Menschen willen verlieren; für einen anderen in den Tod gehen ...
Für ein Paar findet die Hingabe in vielen Schritten statt. Manchmal müssen alle Stufen der Hingabe erlebt, erlitten oder auch gefeiert werden. Am Ende stehen zwei Menschen voreinander, die sich nichts mehr zu verbergen haben, die buchstäblich alles vor dem anderen ablegen können, um mit ihm auch alles zu erleben, zu feiern, zu erleiden, was das Leben bringt: Liebe und Leid, Leben und Tod.

„Ich habe vor Jahren einen einfachen Arbeiter geheiratet; damals war es Liebe auf den ersten Blick. Jetzt habe ich in der Gesellschaft, in der ich mich bewegen muß, manchmal

das Gefühl, ich hätte etwas versäumt oder einen Partner in einer besseren Stellung verdient.
Wenn er aber von der Arbeit heimkommt und mich in seiner wortkargen Art in den Arm nimmt, weiß ich, es gibt für mich keinen besseren Partner ...“

Psychologin, 29

Vielleicht ist es gerade die Stärke einer christlichen Ehe, daß sie ihre Schwächen zugeben kann; vielleicht ist es die große Chance dieser Partner, die verwundbaren Stellen offenlegen zu können, ohne getroffen oder ausgenutzt zu werden.
Denn wer nur das Menschliche in seiner Partnerschaft sieht, wer den anderen mit den Augen der Gesellschaft sieht und nicht auch mit den Augen Gottes sehen will, der muß im Ernstfall versuchen, auf seine Kosten zu kommen; notfalls gegen den Partner.
Ohne Gott hat der Alltag schnell die Herrschaft über die Ehe und nicht das Fest; das Gewöhnliche, das ständig Wiederkehrende, der Kleinkram, der ganz einfach erledigt werden muß, bestimmen dann den Tag. Es gibt keinen Grund, sich auf Außergewöhnliches zu freuen und Wunder wie Überraschungen zu erwarten, der Alltag stumpft ab. Das wieder kann den Zerfall der Partnerschaft beschleunigen.
Deswegen sollten die christlichen Feste des Jahreslaufs bewußt in die Ehe mithineingenommen und gefeiert werden. Wenn schon eine gewöhnliche Party oder die Geburtstagsfeier eine große Faszination ausüben, dann können die großen Feste der Christenheit und die kleinen Gedenktage wie ein Namenstag den Alltagstrott überwinden und über unsere Welt und ihr begrenztes Leben hinausweisen.

Die gemeinsame Trauung

„Wenn du evangelisch heiratest, kommen wir nicht zur Hochzeit!" – Das haben meine Eltern dann auch wahr gemacht. Noch heute, nach über zehn Jahren, ist unser Verhältnis zu ihnen getrübt. Wir besuchen uns nur zu besonderen Festtagen.

kfm. Angestellter, 35

Die Erwartungen und Hoffnungen, die junge Menschen an ihre Kirche haben, werden oft bitter enttäuscht; dann vor allem, wenn konfessionsverschiedene Partner einander heiraten wollen und sehr bald die Frage entschieden werden muß, in welcher Kirche das geschehen soll.

Der jahrhundertelange, oft erbittert geführte Kampf, es ging ja vor allem um die Kinder einer Ehe, wirkt in den Konfessionen bis heute nach. Die Elterngeneration hat ja noch leidvoll die Sanktionen erleben müssen, zum Beispiel, wenn ein Katholik „evangelisch" heiratete und der evangelischen Kindererziehung zustimmte: Er war praktisch aus seiner Kirche ausgeschlossen. Dazu kam dann noch der starke Druck vom Elternhaus und aus der Verwandtschaft bis hin zum Ausschluß aus der Großfamilie. Da verließen die Jungen nach dem biblischen Wort nicht „Vater und Mutter, um sich an ihre Frau zu binden" (Mt 10,7); sie mußten sich eher von ihren Eltern verlassen fühlen und statt mit ihnen gegen sie eine stabile eheliche Welt aufbauen.

Inzwischen gibt es, erstmals 1971 veröffentlicht, eine „Ordnung der kirchlichen Trauung für konfessionsverschiedene Paare unter Beteiligung der Pfarrer beider Kirchen", die sogenannte ökumenische Trauung, die zwar von den Kirchenleitungen, aber noch lange nicht von allen Pfarrern akzeptiert wird.

Immerhin sind sich die Kirchen in dieser lebenswichtigen Frage näher gekommen. Die „gemeinsame Trauung“ steht nach wie vor unter dem Recht der Kirche, in der die Feier stattfindet: Die Trauung in der katholischen Kirche bleibt eine katholische, die in der evangelischen eine evangelische Trauung, auch wenn dabei der jeweils andere Pfarrer mitwirkt. Aber es ist für das Miteinander der Konfessionen wie der beteiligten Familie sehr entkrampfend, wenn die beiden Pfarrer miteinander beten, das Wort Gottes verkünden, das Ja-Wort entgegennehmen und den Segen spenden.

Doch fällt auch hier die eigentliche Entscheidung bei den Kindern. Deswegen sollte die kirchliche Trauung in der Konfession angestrebt werden, in der der religiös stärkere Partner lebt und in der die Kinder getauft werden sollen. Entscheidet sich der katholische Partner für die Trauung in der evangelischen Kirche, braucht er zur Gültigkeit seiner Ehe die Erlaubnis (Dispens), die er bei seinem Pfarramt erbittet.

Neben manchen Schwierigkeiten hat die konfessionsverschiedene Ehe auch besondere Chancen. Die bestehen nicht etwa in der Vermischung religiöser Überzeugungen, wie das Wort „Mischehe“ nahelegen könnte. Konfessionsverschiedene Partner können den Reichtum des anderen Bekenntnisses unbefangener kennenlernen und so mithelfen, daß altüberlieferte Vorurteile abgebaut werden.

Das religiöse Gespräch, das eigentlich in jeder christlichen Ehe gepflegt werden sollte, bekommt in der konfessionsverschiedenen Ehe eine besondere Bedeutung: dem anderen mitzuteilen, was mir wichtig und wesentlich ist, und es vom Partner auch erfahren; den Mut zu haben, unterschiedliche Überzeugungen nebeneinander stehen zu lassen, um am Ende doch darin übereinstimmen zu können, daß es

mehr Gemeinsamkeiten gibt, die uns Christen verbinden, als Unterschiede, die uns trennen.
Wurde früher beklagt, daß eine „Mischehe" zur religiösen Gleichgültigkeit führe – diese Gleichgültigkeit war oft nichts anderes als ein Schutz gegen die kirchlichen Angriffe –, kann sie heute Anregungen geben für einen bewußteren Glaubensvollzug und für einen ökumenischen Geist, der uns allen gut tut. Deswegen ist nicht nur für die Partner in einer konfessionsverschiedenen Ehe und ihre Kinder, sondern auch für die beiden Gemeinden die Teilnahme am religiösen Leben so wichtig.

„Wir möchten mit Ihnen ein Beichtgespräch führen, rief ein junger Mann an: am liebsten ein Beichtgespräch zu dritt. Wir leben seit vier Jahren zusammen; jetzt, vor unserer kirchlichen Trauung, möchten wir auch unser religiöses Leben zusammenlegen."

Pädagogenpaar, 28, 25

Gott in der Liebe begegnen

Durch seinen Glauben erfährt der Christ, daß Gott die Liebe ist. Damit ist auch die menschliche Liebe ein Teil der Liebe Gottes und nicht aus dieser Welt; sie gehört zu den letzten Wirklichkeiten.
Wer das glauben kann, der kann auch mit den vor-letzten Wirklichkeiten auf unserer Erde besser umgehen: Er hat nicht nur für seine Liebe, seine Treue, sein Tragen und Ertragen die besseren Gründe; er weiß auch, Gott steht nicht am Rande des Lebens. Durch seine Liebe ist er mittendrin.
Wo Menschen wirklich lieben, begegnen sie Gott, handeln

sie wie Gott. Im Gerichtsgleichnis sagt Jesus ausdrücklich: „Was ihr für einen meiner geringsten Brüder getan habt, das habt ihr mir getan... Was ihr für einen dieser Geringsten nicht getan habt, habt ihr auch mir nicht getan“ (Mt 25,40.46).

So wird unsere Liebe zum Menschen sogar zum Gottesdienst. Warum sollte das für den liebsten Menschen an unserer Seite nicht gelten? Ein mittelalterlicher Mystiker hat es so ausgedrückt: „Am Abend unseres Lebens werden wir nach unserer Liebe gerichtet.“

Für Liebende gibt es kein schöneres Wissen, daß allein die Liebe das Urteil fällt über unser Leben. Der Preis, den wir zu zahlen haben, ist wieder allein die Liebe; aber wir werden nie ärmer, wenn wir ihn zahlen.

Weil Gott die Liebe ist, tritt er den Menschen nach der Überzeugung der Hl. Schrift wie ein Liebhaber gegenüber: „Als Israel (das Volk) jung war, gewann ich ihn lieb. Mit menschlichen Fesseln zog ich sie an mich; mit den Ketten der Liebe ...“ (Hos 11,1.4).

Wir Menschen können uns auf göttliche Weise lieben, weil sich Gott in uns Menschen „verliebt“ hat. Vielleicht ist die Liebe deswegen so schwer zu erklären und noch schwerer zu beweisen, weil sie nicht von unserer Welt ist?

Gottes Liebe ist immer Hingabe; das hat er in seinem Sohn Jesus Christus bewiesen.

Durch ihn kommt zum Fest der Liebe auch die Festigkeit. Er selber steht hinter den Liebenden, ob sie sich dessen bewußt sind oder nicht, weil sie einen wichtigen Teil seines Werkes in dieser Welt fortsetzen. Ohne die ewig junge Liebe der Liebenden wäre unsere Welt ärmer, unsere Zukunft dürftiger, der Mensch unmenschlicher. Selbst Paare, die an diesem hohen Anspruch gescheitert sind, bekennen noch: Es muß diese Liebe geben.

Die religiöse Seite unserer menschlichen Liebe faßt der Amerikaner Andrew Greely so zusammen:

> *„Christentum ist die Offenbarung, daß Liebe und Freundschaft möglich sind; daß wir frei sind, zu lieben; daß wir uns nicht zu fürchten brauchen, uns selbst in einer Freundschaft aufzugeben, zu geben und genommen zu werden. Denn wenn die letzte Wirklichkeit sich uns offenbart als ein Freund, dann ist das ganze Universum gut zu uns. Die Freuden der menschlichen Freundschaft werden zu einer Vorwegnahme des großen Lebens in Freundschaft; und diese Freuden bereiten uns für den großen, schwindelerregenden Gott vor...“*

Wer so glauben kann oder wenigstens so glauben und lieben will, der stellt seine Partnerschaft auf ein festes, von Gott selbst gesichertes Fundament.

Impulse

Je stärker die Liebe der Partner zueinander wird, desto intensiver können sie Gott begegnen. Bei ihm sind auch unsere unerfüllten Erwartungen und Sehnsüchte am besten aufgehoben.

Wir Menschen können nur dem trauen, was wir uns vertraut gemacht haben. Deswegen ist es wichtig, in guten Zeiten ein Leben aus dem Glauben zu führen, damit wir in schweren Tagen getragen werden.

Was wir aus Liebe tun, worauf wir aus Liebe und Treue verzichten, hat mit Gott zu tun. Wenn Menschen sich lieben, lieben sie Gott. Das ist das schönste Geschenk, das die Liebe für uns bereithält.

V. Kinder – das Leben weitergeben

Geschichte

Ein werdender Vater wartete vor dem Kreißsaal auf die Geburt seines Kindes. Als es endlich durch Kaiserschnitt geboren war und er seine Frau sehen konnte, sagte sie mit einem vorsichtigen Lächeln:
„Ach, du wirst enttäuscht sein. Du hast dir einen Stammhalter gewünscht, aber es ist ein Mädchen."
„Das macht doch nichts", antwortete der junge Vater zufrieden: „Ich habe mir ja ein Mädchen gewünscht, falls es wirklich kein Junge wird."

Schriftwort

Jesus sagte: Laßt die Kinder zu mir kommen; hindert sie nicht daran. Menschen wie ihnen gehört das Himmelreich.
Lk 18,16

Ein Kind verändert die Welt eines Paares grundlegend. Was jeder einzelne der Partner durch die Kette der Generationen in seiner Lebensgeschichte mitbekommen hat, die guten und die schlechten Erbanlagen, wird jetzt weitergegeben. Es gilt das alttestamentliche Wort mit seiner Erfahrung: „Die Väter haben saure Trauben gegessen, und den Söhnen werden die Zähne stumpf" (Jer 31,29). Auch deswegen ist die große Sorge, mit der die Eltern das kommende Kind begleiten: Hoffentlich ist es gesund.

Durch das Kind bekommt ein Paar Zukunft. Vater und Mutter erhalten in ihrem Nachwuchs ein Stück Unsterblichkeit. Mit der Entscheidung für das Kind fällt meist auch der Entschluß zur festen Bindung. Ein entscheidender Heiratsgrund war und ist oft, daß „ein Kind unterwegs" ist; heute wird häufig dann geheiratet, wenn ein Kind von den Partnern gewünscht wird. Die Liebe zeigt ihre Frucht.

Vor allem das erste Kind fordert die Eltern ganz. Sehr schnell wird das beglückende Neuheitserlebnis abgelöst durch die alltäglichen Notwendigkeiten, füttern, baden, Windeln wechseln, auf Wohlergehen und Gesundheit achten. Bald nimmt das Kind nicht nur viel Zeit und eine Menge Platz in Anspruch, es beschlagnahmt über die Hälfte der Partnerschaft. Und das für einige Jahre.

Vor allem Mütter können sich so an das Kind hingeben, können so einseitig in der Sorge und in den Rücksichten für das Kind aufgehen, daß der Vater sich zurückgesetzt fühlen muß.

Gelegentlich ist auch zu beobachten, daß sich ein Elternteil beim Kind jene Zärtlichkeit und Liebe holen will, die es beim Partner zu vermissen glaubt. Das Kind bringt also nicht nur Elternglück; es führt die Partner in eine erste große Beziehungskrise. Auf der Grundlage der Dreierbeziehung muß das Paar jetzt sein Verhältnis neu ordnen. Ein Kind ist kein Ersatz für den Ausfall eines Partners; erst recht kein „Bindemittel" für ein gestörtes Verhältnis. Selbst-

verständlich werden sich Eltern auf ganz neue Weise im gemeinsamen Kind wiederfinden, zum Beispiel im uralten Spiel, wem das Kind besonders ähnlich ist; das Paar darf sich aber nicht nur im Kind begegnen. Gerade in den ersten Monaten nach der Geburt des Kindes ist die intensive Pflege der Zweisamkeit wichtig.
Der Mensch kommt nicht fertig auf die Welt. Es braucht Jahre, bis der Geburtsvorgang zu einem selbständigen Menschen vollendet ist. Es wird hauptsächlich von den Eltern abhängen, ob dem jungen Menschen auch die soziale Geburt, das selbstverantwortliche Stehen in unserer Welt gelingt.

Eure Kinder sind nicht eure Kinder.
Sie kommen durch euch, doch nicht
von euch ... Ihr dürft ihnen eure Liebe
geben, doch nicht eure Gedanken.
Denn sie haben ihre eigenen Gedanken ...
Ihr seid die Bogen, von denen eure Kinder
als lebendige Pfeile entsandt werden.
Khalil Gibran, Der Prophet

Was der Mensch ist, hat er von anderen empfangen; von Vater und Mutter zuerst. Deswegen lebt ein Kind zunächst in einem grenzenlosen Urvertrauen mit seinen Eltern zusammen. In der Familie kann es mit Geborgenheit, Sicherheit und Zukunft rechnen. Dieses kindliche Vertrauen überträgt Jesus auf den gläubigen Menschen: „Wer das Reich Gottes nicht so annimmt wie ein Kind, wird nicht hineinkommen“ (Mk 10,15). Eltern dürfen dieses Vertrauen nicht durch eine einengende Bindung an sich enttäuschen. Die offene Erziehung fängt schon sehr frühzeitig mit dem Loslassen an. Das Kind ist zwar von Anfang an an einer stabilen Umwelt interessiert; deswegen sind feste Bezugspersonen wichtig. Es probiert aber ebenso von Anfang an aus, seinen Raum zu erweitern.

Kinder, ein Geschenk

„Meine Freundin hat schon eine 5jährige Tochter. Sie liebt ihre Mutter, ihren Vater ... und mich. Ich muß sagen, daß die Tochter meiner Freundin sehr wertvoll für mich ist. Sie prägt mich in meinem Verhalten und ich glaube, daß ich durch sie schon sehr viel für die Zukunft gelernt habe; auch im Blick auf ein gemeinsames Kind."

Ingenieur, 26

Kinder sind eine Chance für das eigene Leben, wenn wir offen bleiben. Wer sich nicht auf den Nachwuchs einstellen kann, sieht schnell eher die Belastung durch dieses kleine Wesen: Auf den Beruf bereiten wir uns intensiv vor; eine Elternschule gibt es praktisch nicht.

Auch Eltern müssen lernen; aus den Fehlern ihrer Eltern; aus den eigenen Fehlern. Kinder begreifen schnell und akzeptieren es auch, daß die Eltern nicht unfehlbar sind. Es ist nicht die schlechteste Erziehungsmethode, vor dem Kind eigene Fehler zuzugeben und sich zu entschuldigen. Dann ist das Kind ein Geschenk für die eigene Entwicklung.

Ein Kind lieben bedeutet immer verantwortlich sein; das ist aber nicht dasselbe wie besitzen. Eltern können nie so von ihrem Kind reden wie von ihrem Fernsehgerät. Das Kind wird in die Gemeinschaft geboren, als wollte es damit sagen: Ich bin gekommen, um mit euch zu leben, zu lernen und zu lieben. Ich will ganz Mensch werden; dafür brauche ich euch. Aber ich bin es, der ganz Mensch werden will.

Längst ist die Zeugung und das Werden eines Kindes kein Geheimnis mehr. Ein wenig ist es schade, daß das Geheimnisvolle zerstört wurde. Dennoch bleibt die Geburt eines Kindes ein Wunder: Es läßt staunen und macht dankbar.

„Vor der Geburt unseres ersten Kindes hatte ich große Angst. Der Arzt hat von möglichen Komplikationen gesprochen. Aber Franz war bei mir; bei der Geburt hielt er mir die Hand und sprach mit mir, wie sehr er sich freue. Da war alles viel leichter; die Schmerzen spürte ich kaum …"

junge Mutter, 23

„Ich hätte nie gedacht, daß es in unserer Ehe noch etwas Schöneres geben könnte als unsere körperliche und seelische Einheit. Die Geburt unserer Tochter, ich war von Anfang an dabei, hat mich mit meiner Frau ganz neu, ganz tief verbunden."

der Vater, 26

Es gehört sicher zu den positiven Entwicklungen, daß sich die werdenden Väter in den entscheidenden Stunden ihrer Frau nicht mehr drücken, sondern dabei sind, wenn ihr Kind geboren wird. Zwischen den Partnern entsteht nicht nur eine neue Form der Einheit; auch das sexuelle Leben erhält eine neue Kraft. Die Beziehungen zueinander werden noch intensiver.

Jesus gebraucht das Bild von den Wehen einer Frau, um eine schöne Zukunft für den Menschen zu verkünden: „Wenn eine Frau gebären soll, ist sie bekümmert, weil die Stunde da ist; aber wenn sie das Kind geboren hat, denkt sie nicht mehr an ihre Not über der Freude, daß ein Mensch geboren ist" (Joh 16,21).

Eltern erleben viele Erwartungen der Menschen voraus. In einer gelungenen Partnerschaft können sie zusammen mit ihren Kindern besser verstehen, was religiöse Formeln zum

Ausdruck bringen wollen: ewiges Glück erfahren, bei Gott zu Hause sein, eine feste Heimat haben, für immer in der Geborgenheit leben ...
Eltern sind glücklich, wenn alles überstanden ist; jede Geburt ist ein Risiko.
Bis zur Geburt bleibt auch die bange Frage, ob das Kind gesund auf die Welt kommt. „Hauptsache, das Kind ist gesund!", das ist der am meisten gehörte Wunsch werdender Eltern. Dahinter steht der Wunsch nach einem Stammhalter oder nach der Ergänzung zum „Pärchen" weit zurück.

Das Kind als Herausforderung

Kinder werden glücklicherweise noch immer als Geschenk empfunden, auch wenn sie verantwortungsbewußt geplant waren. Das dankbare Gefühl darüber und auch die Freude über das neue Erlebnis der Zusammengehörigkeit von Mann und Frau, die sich jetzt stolz Vater und Mutter nennen dürfen, sollten nicht darüber hinwegtäuschen, daß vor allem die Geburt des ersten Kindes, aber auch jedes weitere Kind, die Partner an den Rand einer Krise bringt.
Das Paar erlebt in der neuen Situation auch negative Gefühle; zum Beispiel hinter dem Kind zurückgesetzt zu werden. Diese Gefühle werden selten ausgesprochen; sie werden unterdrückt, weil man sich doch über ein Kind freuen muß. Manche fühlen sich dann am Kind schuldig und lassen ihren Ärger am Partner aus.
Die Partner müssen ihr Leben auf eine neue Basis stellen; sie brauchen für sich Raum und Zeit, gerade wenn beide durch das Kind sehr begrenzt werden.
In den Widerstreit der Gefühle mischen sich dann noch

die Sorgen um die eigene Belastbarkeit wie um die Zukunftsaussichten des Kindes. Werden die räumlichen und finanziellen Belastungen erträglich sein? Wie sieht überhaupt die Zukunft der Menschheit aus? Wird die Erziehung des Kindes gelingen? Fragen, die nach einer Antwort verlangen; Eltern-und-Kind-Gruppen sind da recht hilfreich.

„Was wäre unsere Welt ohne Kinder und ohne Kindliches? Ich bin zwar noch nicht Vater, aber ich habe viel mit Kindern zu tun … Ich mache mir zur Zeit Gedanken, ob es fair ist, Kinder in die Welt zu setzen. Ich fürchte, daß die Probleme, die unsere Kinder einmal haben werden, noch größer sind als unsere: Arbeitslosigkeit, kaputte Umwelt …"

Student, 25

Der indische Dichter und Nobelpreisträger (1913) Tagore schreibt: „Jedes Kind, das geboren wird, bringt von Gott die Botschaft mit, daß er noch nicht an der Menschheit verzweifelt." Jedes Kind bringt eine Verheißung mit und stellt eine Aufgabe. Keine Kinder zu haben, das löst die Probleme der Menschheit nicht. Mir schrieb ein Student: „Wenn jemand mir sagt, die Welt sei schlecht, dann weiß ich, daß er schon aufgegeben hat. Ich habe den Wunsch, Kinder zu zeugen, die ich zu verantwortungsbewußten, aufrechten Menschen erziehen will. Das sehe ich als meinen Beitrag zur Verbesserung der Welt an."
Nicht nur in diesem Sinne ist es für ein Paar und für die ganze Menschheit gut, die Herausforderung durch das Kind anzunehmen. Es muß nicht so sein, daß gerade solche Partner, die besondere Fähigkeiten für die Erziehung mitbringen, auf Kinder verzichten. Neben eigenen Kindern gibt es noch viele andere, die auf Eltern, die diese Anforderung ernst nehmen, warten.

„Meine Freundin ist Witwe; ihre Kinder (17, 11 und 6 Jahre alt) waren plötzlich in meinem Leben ... Meine Gefühle sind recht gemischt: Auf der einen Seite muß ich große Einschränkungen hinnehmen, sogar den Partner teilen, mehr als mir lieb ist. Auf der anderen Seite werde ich mit dem Gefühl beschenkt, gebraucht zu werden. Inzwischen habe ich meinen festen Platz ...“

kfm. Angestellter, 40

Es spricht nicht gerade für unsere Gesellschaft, wenn kinderlose Paare jahrelang auf die Adoption eines Kindes warten müssen und gleichzeitig die Zahl der Abtreibungen aus „sozialen Gründen“ steigt. Frauen mit Kindern haben es schwer, noch einmal einen Partner zu finden. Das Gewissen zum Ja für das Kind, auch für das Problemkind, zu stärken ist eine wichtige Aufgabe der Christen in unserer Zeit.

„Im Moment möchte ich keine Kinder haben. Sachlich begründen kann ich diese Meinung nicht. Kein Geld; lieber Ferien; Angst vor der Verantwortung oder Zukunftssorgen ... wären für mich allerdings nur Ausreden, wie sie viele gebrauchen.“

Student, 23

Auch zum „Kinderkriegen“ braucht der Mensch wie für die Ehe die entsprechende Reife. Zumindest muß mit dem Ja zum Kind auch die Bereitschaft gegeben sein, an und mit dem Kind zu wachsen. Viele Paare bleiben heute kinderlos; Gründe dafür mögen Bequemlichkeit, Urlaubsreisen und andere Umstände sein. Oft sind es Versuche, die ungewollte Kinderlosigkeit vor den anderen zu verbergen: Sie leiden darunter, trotz intensiver Versuche keine eigenen Kinder zu bekommen. Ärzte, die sich intensiv mit diesem schwerwiegenden Problem beschäftigen, vermuten neben vielen anderen Ursachen auch eine Art psychischer Sperre, die durch ein jahrelanges konsequentes Verhüten von Kindern bei den Partnern aufgebaut wurde und jetzt durch den Wunsch nach einem Kind nicht so leicht zu überwinden ist. Auch eine Ehe ohne Kinder kann gelingen; oft ist das soziale Engagement der Partner dazu besonders nötig. Letztlich ist es doch das Kind, das Sinn und Zukunft für ein Paar gibt.

„Verstehen Sie: Er war unser Einziger! Noch heute, drei Monate nach dem schrecklichen Unfall, gehe ich mehrmals am Tag in sein Zimmer, um nachzuschauen, ob er nicht doch zurückgekommen ist. Für meinen Mann und mich hat das Leben keinen Sinn mehr; uns wurde die Zukunft genommen …"

aus einem Brief

Christliche Familienplanung

Wie viele Kinder soll ein Paar haben? Seit Kinder nicht mehr den späteren Lebensunterhalt der Eltern sicherstellen, sondern eher finanzielle Belastung und gesellschaftlichen Abstieg bedeuten, ist die Ein-Kind-Ehe, bestenfalls noch das Pärchen in der öffentlichen Meinung programmiert.

Wir begegnen dazu Tag für Tag dem Problem der Übervölkerung der Erde und der Verelendung der Menschheit in den Ländern der 3. und 4. Welt. Die Kinderarmut in den reichen Ländern löst nicht das Elend und stillt nicht den Hunger der Armen. Eher im Gegenteil: Die geringe Zahl der Kinder wird bei uns künftig große wirtschaftliche und

soziale Probleme neu schaffen. Im übrigen lassen sich soziale Probleme, auch die Verteilungsschwierigkeiten unserer Überproduktion in Europa, nur in einer intakten Wirtschaft lösen.
Dennoch gibt es Situationen, in denen der Verzicht eines Paares auf eigene Kinder ähnlich zeichenhaft sein kann wie die Ehelosigkeit des katholischen Priesters.

> *Wien: Eine Überprüfung der kirchlichen Sexuallehre und -moral hat der Altbischof von Innsbruck, Dr. Paul Rusch, gefordert. Das zur Zeit Pius' XI. erlassene Verbot der künstlichen Geburtenregelung sei zur damaligen Zeit berechtigt gewesen, heute jedoch müsse man angesichts der Überbevölkerung in vielen Teilen der Welt zu geeigneteren Maßnahmen greifen, schreibt der katholische Oberhirte ... Obwohl er der natürlichen Empfängnisregelung den Vorzug gebe, müsse man bedenken, daß diese in vielen Fällen nicht anwendbar ist.*
> *Schon der hl. Franz von Sales habe im 17. Jahrhundert die Ansicht vertreten, daß eine Sache nicht entschieden werden sollte, wenn bedeutende Lehrer der Kirche unterschiedlicher Ansicht seien ...*
>
> KNA-Pressenotiz 1985

Diese unterschiedlichen Ansichten gibt es gerade in der Frage der Empfängnisregelung. Das Mehrheitsgutachten empfahl dem Papst (Johannes Paul II.) sogar, von seiner strengen Ablehnung künstlicher Mittel abzurücken.
Für jedes Paar, auch für das christliche Paar, gilt der Satz: Eine nicht zu verantwortende Schwangerschaft muß verhindert werden. Unter Christen sollte es ausgemacht sein, daß Abtreibung keinesfalls ein Mittel der Geburtenkontrolle oder der Familienplanung sein kann. Abtreibung ist Tötung menschlichen Lebens. Christliche Familienplanung

beinhaltet immer ein grundsätzliches Ja zum Kind, aber auch das Nein unter bestimmten, letztlich von den Partnern zu verantwortenden Voraussetzungen.
Die Wahl der Mittel ist in diesem Zusammenhang zweitrangig: Obwohl die Päpste seit Pius XI. († 1939) das Verbot der künstlichen Geburtenregelung wiederholt haben, verwenden die meisten Katholiken empfängnisverhütende Mittel und halten das in ihrer Mehrheit keinesfalls für unmoralisch.
Bei der Würzburger Synode (beendet 1975) haben sich nur Kleriker, also Unverheiratete, für das absolute Verbot der künstlichen Empfängnisregelung eingesetzt. Die Laien aus dem Kreis der Synodalen konnten diesen Weg nicht mitgehen. Dieser Widerspruch macht deutlich, wie sehr die „geistliche Führungsschicht" der Kirche von der Überzeugung der Basis in der Frage der Geburtenregelung entfernt ist.
Es muß aber festgehalten werden: Alle empfängnisverhütenden Mittel müssen, wie auch eine natürliche Familienplanung, immer partnerschaftlich eingesetzt werden. Sie dürfen nie zu Lasten der Überzeugung oder der Gesundheit eines Partners gehen.
Eine Entscheidung, die beide Partner nach sorgfältiger Beratung im gegenseitigen Einvernehmen und im guten Glauben fällen, kann auch moralisch verantwortet werden. Besonders dann, wenn Kinder nicht prinzipiell aus der Ehe ausgeschlossen werden. Zu dieser Beratung gehört neben einem Arzt auch ein Vertrauter des Paares; vielleicht der Seelsorger.
In einer Zeit, da sich unter den Partnern eine große „Pillenmüdigkeit" verbreitet, bieten die Methoden der NFP (Natürliche Familienplanung) eine Alternative: Die besondere Einfühlung in den Körper des anderen, besonders der

Frau, die Beachtung der natürlichen Zeichen der Fruchtbarkeit, kann für Mann und Frau ein ganz neues Klima in die Ehe bringen. NFP hat die im ganzen doch recht unsicheren Methoden von Knaus/Ogino weit hinter sich gelassen. Interessierte sollten sich in die Natürliche Familienplanung durch einen Kurs einführen lassen. Viele Paare berichten voller Freude, daß ihre Beziehungen nicht mehr chemisch oder mechanisch gestört würden, seit sie nach der neuen Methode leben; auch im nichtsexuellen Bereich ihrer Gemeinschaft hätten sie auf neue Weise zu sich gefunden.

Ein Gesichtspunkt darf in unseren Überlegungen nicht fehlen: Da die Frau von einer ungewollten Schwangerschaft immer am stärksten betroffen ist, hat sie im geschlechtlichen Vollzug oft tiefe Ängste, selbst wenn sie empfängnisverhütende Mittel nimmt. Diese tiefsitzenden Ängste können eine Frau in ihrer zärtlichen Hingabe und im eigenen lustvollen Erlebnis sehr behindern. Der Mann muß dafür ein besonderes Maß an Einfühlungsvermögen mitbringen. Ganz schlecht ist, wenn die Partner ihre Ängste einfach durch sexuelles Handeln oder gar mit Zwang überspielen.

Mit Kindern den Glauben neu lernen

„Noch vor zehn Jahren war es in unserer Gemeinde undenkbar, daß ein Vater mit seinem Baby den Sonntagsgottesdienst mitfeierte. Freuen wir uns doch darüber, daß das heute bei uns selbstverständlich ist, und lassen wir uns nicht durch das Geschrei aus dem Tragebeutel oder die Lautmalerei aus dem Kinderwagen stören …“

aus einem Gemeindebrief

Väter sind in der Regel sehr stolz auf ihre Kinder. Doch ihr beruflicher Einsatz wird diesen Stolz bald vergessen lassen. Mütter klagten oft darüber, daß sie vor allem in der religiösen Erziehung der Kinder allein gelassen werden.
Mit der zunehmenden Arbeitsteilung, wenn auch die Mütter berufstätig bleiben oder nach angemessener Zeit wieder in ihren Beruf zurück möchten, wird die Emanzipation des Mannes im Bereich des Haushalts und der Erziehung geradezu zwingend.
Nicht wenige Väter haben diese Chance für sich und ihre Familie erkannt. Was noch vor Jahren fast ausschließlich Sache der Frauen war, die drei „K": Küche, Kinder, Kirche, übernehmen Männer in einem neuen Selbstwertgefühl bereitwilliger und zeigen das auch in der Öffentlichkeit, nicht nur durch den Spaziergang mit dem Kinderwagen und ihr Erscheinen auf dem Spielplatz.
Wenn Eltern Religion etwas bedeutet und sie eine Heimat in der Kirche gefunden haben, wirkt sich das auch auf das religiöse Miteinander aus: Sie beten am Abend mit ihren Kindern, lesen mit ihnen in der Bibel und feiern den Gottesdienst mit. Von dieser Entwicklung profitieren beide Seiten, Eltern und Kinder.

„Ich möchte, daß Sie meinen Sohn taufen!" Der junge Vater, der mit seiner Freundin gekommen war, ich kannte sie beide vom Motorradgottesdienst, drängt mich.
Zunächst wehrte ich ab; schließlich sind beide nicht verheiratet: „Das kann ich nur, wenn ihr selber glaubt und auch mit eurem Kind in die Kirche kommt."
Er schlug meinen Einwand mit der Bemerkung aus: „Wir können doch mit unserem Kind den Glauben wieder lernen!"

Die Taufe hat noch eine gute Tradition, selbst wenn bei den Eltern die Kirchlichkeit bereits weitgehend verloren gegangen ist. Gerade für sogenannte Fernstehende gibt es manche Begründungen, ihr Kind taufen zu lassen, die zunächst nicht ausreichend erscheinen, aber eine gute Grundlage für das Taufgespräch sind: die unter Umständen abergläubische Sorge um die Gesundheit und die Zukunft des Kindes; seine künftige Stellung in der Gesellschaft (Kindergarten, Schule); das Ansehen der Eltern bei ihren Familien und in ihrer Umgebung, aber auch: die Sorge um die Geborgenheit in einer Gemeinschaft, die dem Leben eines Menschen Sinn geben kann. Das Kind soll nicht nur ein Kind der Menschen sein, sondern auch ein Kind Gottes. Von diesem Festmachen an Gott erwarten sich die Eltern ein Mehr an Sicherheit auch für die Erziehung des Kindes. Über alle Tradition hinaus zeigt der Wunsch nach der Taufe für das Kind oft auch die Sehnsucht der Eltern nach dem Glaubenkönnen. Sie möchten wieder glauben und vertrauen können, wie ihr Kind; sie möchten wieder einen festen Stand haben und nicht ständig von Zweifeln bedroht sein. Geburt und Taufe sind also auch eine neue Chance für den Glauben und das religiöse Leben der Eltern.

Wegen einer Wohnungssache kamen die Eltern dreier Kinder in meine Sprechstunde.
Von sich aus kam der Vater darauf zu sprechen, daß seine Kinder nicht getauft seien. Sie sollten einmal über ihren Glauben und ihre Konfession frei entscheiden können, meinte er: „Deswegen haben wir sie nur christlich erzogen."
Da platzte die Zwölfjährige ihrem Vater ins Wort: „Aber um was ihr mich gebracht habt, davon redest du nicht!"

Wer sich verantwortlich entschieden hat, ein Kind in unsere Welt zu setzen, hat auch das Recht und die Verpflich-

tung, seinem Kind alles mitzugeben, was für das eigene Leben wichtig ist; auch den Glauben. Damit haben die Eltern ein Recht, ihr Kind zur Taufe zu bringen, wenn sie selber glauben wollen.
Eine nur allgemein christliche Erziehung macht für das Kind eine spätere Entscheidung für oder gegen den Glauben, für oder gegen eine bestimmte Konfession kaum leichter. Eher ist das Gegenteil der Fall. Es bleibt heimatlos, kann die Feste nicht feiern, die zur Religion und zum eigenen Leben gehören, und wächst in eine unbestimmte Religiosität hinein, die weitgehend unverbindlich bleibt.
Eine wichtige Voraussetzung zur Weitergabe des Glaubens an die Kinder ist der Glaube und die Glaubwürdigkeit der Eltern. Das sagt sich leicht. Die Seelsorge der Kirche nimmt noch kaum zur Kenntnis, wie wichtig eine Glaubensschule für die Eltern wäre. Sie fährt fort, „jene zu bekehren, die bereits bekehrt sind". Zumindest müßte es im Zusammenhang mit der Taufe und über das Taufgespräch hinaus Angebote geben, in denen Eltern ihren Glauben erneuern können.
In den nächsten Jahren muß die Kirche zunehmend damit rechnen, daß ein Elternteil ungetauft ist, der andere nicht unbedingt fest im Glauben steht. Die Verweigerung der Taufe hilft dann kaum weiter; meist sorgt die Verbitterung der Eltern nur für einen völligen Auszug aus der Kirche. Das Kind hat dann keine Chance, die Gemeinde Jesu näher kennenzulernen; die mögliche Bekehrung der Eltern ist in weite Ferne gerückt. Was ist das für eine Kirche, die keinen Charme mehr entwickelt, keine Anziehungskraft mehr hat und sich abschottet, statt die Türen für die frohe Botschaft Jesu weit aufzumachen?
Gerade weil sich der Glaube im gemeinsamen Leben entwickelt, ist das Beispiel der Eltern so wichtig. Wem Jesus

Christus und seine Gemeinde lebensnotwendig geworden sind, der wird auch seinem Kind diese Erfahrung vermitteln. Schon deswegen sind aus Anlaß eines Taufwunsches die Eltern „wichtiger als das Kind“.

In den religiösen Gewohnheiten, Festen und Bräuchen einer Konfession entwickelt sich ein Heimatgefühl, das nicht nur für das religiöse Wohlbefinden entscheidend ist; es trägt oft auch dann weiter, wenn für den Glauben kritische Zeiten kommen. Nicht selten können Menschen durch das Brauchtum oder durch die Erinnerung an religiöse Feste, wie Weihnachten oder feierliche Erstkommunion, zur Gemeinde und damit zum Glauben zurückfinden.

Diese Gefühle der Vertrautheit und der Geborgenheit, die in der Kindheit grundgelegt werden und sich entwickeln, lassen sich später kaum mehr nachempfinden.

Schon deswegen ist die Taufe und die Eingliederung in eine bestimmte Gemeinde und Konfession weit mehr als nur ein frommer Brauch: Das Kind soll zusammen mit Eltern und Geschwistern durch das Mitleben und Mitglauben, durch das Feiern und das Erleben der Welt Gottes, die schon in unserer Welt sichtbar werden kann, Zukunftshoffnung über unsere menschliche Lebenszeit hinaus erhalten.

Deswegen ist es nicht überraschend, wenn 90% der religiösen Menschen und noch 70% derer, die sich als nicht besonders gläubig bezeichnen, die Taufe für ihr Kind als sehr wichtig einstufen. Auf die Frage: „Warum soll ihr Kind getauft werden?“ antworten die meisten Eltern: „Weil wir unser Kind nicht ohne den Schutz Gottes aufwachsen lassen wollen!“ „Weil jeder Mensch einen Glauben braucht!“ „Damit es weiß, wohin es gehört!“ „Es soll in seinem Leben Glück haben!“ An diese Erwartungen und Hoffnungen läßt sich im Taufgespräch sehr gut anknüpfen.

Erziehung zur Freiheit

„Es ist eine wahnsinnig anspruchsvolle Aufgabe, Kinder zu erziehen, sie im Leben zu begleiten, von ihnen zu lernen; ja, von ihnen zu lernen ... Ich möchte sie auch im Sinne Jesu erziehen. Und dann hoffe ich nur, daß es mir später gelingt, meine Kinder auch loszulassen.“

Mutter von drei Kindern

Das Nicht-loslassen-Können ist nicht nur ein Problem der Mütter; sie spüren die Verbindung durch Schwangerschaft und Geburt besonders deutlich und lange. Väter leiden unter der Ablösung der Kinder genauso, reagieren darauf oft versteckter; manchmal in für die Beteiligten boshaften und unverständlichen Aggressionen.
Das Loslassen beginnt schon dann, wenn die Nabelschnur durchtrennt wird. Für Eltern und Kind ist das ein langer, meist sehr schmerzhafter Prozeß. Von Anfang an nimmt die Verantwortung der Eltern für ihr Kind ab und die des Kindes nimmt schrittweise zu, bis es selbstverantwortlich entscheiden kann. Je früher, desto besser. Viele Eltern verwechseln die immer bleibende Sorge für das Kind mit ihrer Verantwortung und verhindern damit nicht selten die soziale Geburt und die Selbständigkeit des Kindes.
Das gilt auch für die religiöse Erziehung. Mehr und mehr muß der Heranwachsende seine Glaubensentscheidung frei treffen und über seine religiöse Praxis frei entscheiden können. Das gelingt nur, wenn der junge Mensch zunehmend auf eigenes Risiko leben kann und nicht etwa für Fehlentscheidungen auch noch bestraft wird. Daß die Eltern ihre eigenen Entscheidungen und Überzeugungen gegen die der Kinder setzen dürfen und sollen, bleibt davon unberührt.

Oft sind Eltern nicht mehr dazu imstande. Sie haben es selbst nicht zu einer persönlichen Glaubensentscheidung gebracht und können nicht mehr glauben. Spätestens hier wird die Kindertaufe sehr fragwürdig; es fehlt für beide Seiten das Fundament, auf dem es sich stehen läßt.

„Seit unserer Scheidung bedrückt mich am meisten, daß die Kinder ohne ihren Vater aufwachsen müssen. Sie sehen ihn zwar regelmäßig; aber die Erfahrung eines Mannes in der Familie wäre für die Entwicklung der Kinder jetzt besonders wichtig ...“

Frau, 35, 2 Kinder

Noch immer überwiegt die Meinung, die Mutter sei die eigentliche Erzieherin der Kinder; vor allem in religiösen Fragen. In konfessionsverschiedenen Ehen wird manchmal ein wenig vorschnell die Frage nach der Taufe eines Kindes mit „natürlich wie die Mutter“ beantwortet.
Nach Untersuchungen, die in Amerika gemacht wurden, hängt die religiöse Entscheidung der Kinder weit stärker vom Glaubensleben und vom Beispiel des Vaters ab, als man bisher angenommen hatte. Damit haben die Väter eine große Verantwortung für den Glauben ihrer Kinder. Dieser Verantwortung sollten sie sich nicht entziehen, damit die „männliche Seite“ in der religiösen Praxis nicht fehlt.

Impulse

Längst haben wir erkannt: Erwünschte Kinder sind glücklichere Kinder. Eltern sollten ihrem werdenden Kind immer das Gefühl schenken, gewollt zu sein.

Auch das christliche Paar ist zur Familienplanung verpflichtet. Das grundsätzliche Ja zum Kind beinhaltet auch ein Nein dort, wo ein weiteres Kind nicht zu verantworten ist. Die Wege der Empfängnisregelung liegen in der Gewissensentscheidung der Partner.

Die schwerste Aufgabe der Eltern ist die Bereitschaft, von Anfang an die Kinder in die eigene Verantwortung und damit in die Selbständigkeit zu entlassen.

VI. Krisen – gemeinsam Schwierigkeiten überwinden

Geschichte

Mann und Frau hatten wieder einmal heftig miteinander gestritten, obwohl sie sich nach so langen Jahren der Gemeinsamkeit vorgenommen hatten, jede Auseinandersetzung zu meiden.
Erschöpft fragte der Mann: „Warum können zwei vernünftige Menschen nicht so friedlich zusammenleben wie unsere beiden Hunde?“
„Das ist doch ganz einfach“, meinte die Frau, „fessele mal die Hunde zusammen, und du wirst sehen, was geschieht.“

Schriftwort

Sei schnell bereit zum Hören, aber bedächtig bei der Antwort.

Sir 5,11

Es sind immer nur Menschen, die eine Partnerschaft miteinander eingehen. Das wird oft vergessen; sonst würden

nicht un- oder übermenschliche Anforderungen an den anderen gestellt.
Ein kluger Prediger meinte, eigentlich seien es sechs verschiedene Menschen, die einander in der Ehe verbunden werden:
Da ist ein Mensch, wie er wirklich ist; da heiratet einer, wie er sich gerne sieht; da wird einer geheiratet, wie der Partner ihn einschätzt. Bei einem so komplizierten Miteinander sind die Krisen für eine Partnerschaft schon programmiert. Aber: Schwierigkeiten und Krisen müssen nicht das Scheitern einer Gemeinschaft bedeuten.

Ideal und Wirklichkeit

„Bei uns wird alles ganz anders!" Das hatte ich mir fest vorgenommen. Auch wenn ich seit zehn Jahren nicht mehr zu Hause wohne, klingen mir die ständigen Streitereien meiner Eltern immer noch in den Ohren …
Als es dann bei uns zum ersten Mal krachte, und das wegen einer Kleinigkeit, brach in mir eine Welt zusammen …"

kfm. Angestellte, 27

Insgeheim wird jene Ehe als ideal angesehen, in der es weder Auseinandersetzungen noch Streitigkeiten gibt. Dieses Ideal ist für Menschen unerreichbar, und man sollte es auch nachdrücklich sagen, damit Enttäuschungen die Partner nicht lähmen und jene Kräfte einer Ehe mobilisiert werden, die Schwierigkeiten überwinden helfen.
Die Liebe kann an jedem Konflikt wachsen. Mehr noch: eine konfliktfreie Liebe wäre eine Liebe ohne Spannung und ohne Leidenschaft.
Probleme wird es in jeder Ehe geben. Sie kommen aus den beiderseitigen Herkunftsfamilien, aus der unterschiedlichen

Erziehung und Entwicklung der Partner, aus ihren Berufen, aus der Nachbarschaft, von den Kindern. Am meisten entstehen Probleme aus den oft gegensätzlichen Erwartungen, Sehnsüchten und Wünschen. Weil diese oft, auch aus falscher Scham oder aus Angst vor Zurückweisung, unausgesprochen bleiben, werden zum Streit zweitrangige Gründe vorgeschoben. Der andere kann sich dann nur wundern, warum es wegen dieser oder jener Kleinigkeit zu einer solch heftigen Auseinandersetzung kommen mußte.
In der Regel machen die Partner zwei entscheidende Fehler: Sie dramatisieren entweder ihren Streit zu einer Ehekrise und sehen dann keinen Ausweg mehr. Oder sie nehmen die Auseinandersetzung hin wie eine Naturkatastrophe, an der sich nichts ändern läßt. Eine andere Variante ist das Unter-den-Tisch-Kehren der Streitpunkte.
Zudem haben die wenigsten vorehelich ein Konfliktritual eingeübt, das wie eine Spielregel des Streitens eingesetzt werden könnte: In diesem Ritual sind nicht nur die erlaubten und unerlaubten Waffen festgelegt; es mutet dem Partner für die Streitlösung auch nicht mehr zu, als er leisten kann.
Zudem braucht jeder der Partner nur an seine eigenen Schwächen und Fehler denken, um zu erkennen, daß der andere genauso schwach ist wie man selber; also das Recht hat, Fehler zu machen. Und wer sich herausnimmt, daß er mit seinen Nerven am Ende ist, bedenkt oft nicht, daß auch der andere Nerven hat, empfindlich und reizbar ist.

Beim Brautgespräch stellte ich die Frage: „Habt ihr schon einmal einen vorehelichen Streit gehabt?“
Da platzte die junge Frau heraus: „Das ist ja das Schlimme, mit ihm kann ich nicht streiten!“

Paar, 22, 21

Vielleicht müßte man dem jungen Mann das Streiten beibringen; manche Psychologen raten dazu. Es gibt sogar Seminare, um das richtige Streiten zu erlernen. Nur: das Streiten ist nicht das Wichtigste an einer Partnerschaft.
Für das Paar ist es aber immer gut, wenn es schon vorher weiß, wie der Partner oder die Partnerin bei Auseinandersetzungen reagiert; welche Waffen er oder sie im Streit einsetzt: wie lange er schweigt; daß es ihr schwer fällt, vielleicht sogar unmöglich ist, den ersten Schritt auf den anderen zu zu tun; welche Zeichen seine Versöhnungsbereitschaft andeuten, und seien sie noch so unbeholfen.
Ein einfühlsamer Partner stellt sich darauf ein und mutet dem anderen nicht zu, was er (noch) nicht kann, und das nicht nur einmal. Petrus stellte an Jesus einmal die Frage, wie oft man sich am Tag versöhnen müßte. Er gab sich selbst eine Antwort: Etwa siebenmal? und hoffte, dafür gelobt zu werden. Doch Jesus antwortete ihm: „Nicht siebenmal, sondern siebenundsiebzigmal!" (Mt 18,21). Und Lukas überliefert es genau so eindeutig: „Und wenn er sich siebenmal am Tag gegen dich versündigt und siebenmal wieder zu dir kommt und sagt: Ich will mich ändern!, so sollst du ihm vergeben" (17,4).
Viel schlimmer, als miteinander zu streiten, ist es, den Streit totzuschweigen, ihn nicht wahrhaben zu wollen. Jede Auseinandersetzung zeigt das Interesse am Partner. Wer Probleme übergeht, kann seine Partnerschaft zu Tode schweigen.

Ein amerikanischer Geschäftsmann führte über seine Ehe, über die Streitigkeiten und die Anlässe dazu genau Buch. In 40 Ehejahren kam er auf folgende Zahlen:
Durchschnittlich jeden zweiten Tag gab es kleinere oder größere Auseinandersetzungen: rund 7 700 insgesamt.

Fast 2 000mal gab's Krach, weil das Essen nicht fertig oder mißraten war; 1 500mal war das Wirtschaftsgeld der Anlaß, 1 300mal die Kindererziehung und 300mal, weil er zu spät nach Hause kam.
Dennoch bezeichnete der Geschäftsmann seine Ehe als geglückt.

Manche dieser Streitigkeiten wären vermeidbar gewesen, wenn die Partner hinter den Anlässen nach den Gründen gesucht und sie gemeinsam abgestellt hätten: Mißverständnisse, Mißdeutungen, Meinungsverschiedenheiten gehen oft tiefer, als ein Streit anzeigt, und schaffen ein böses Klima, das den Partnern die Luft zum Atmen und die Lust zum Lieben nimmt. In jeder Krise kommen auch Spannungen zum Vorschein, die für die weitere Entwicklung des Paares wichtig sind. Am Ende sollte immer die gemeinsame Lösung stehen: Auseinandersetzungen um des „lieben Friedens willen" zu unterdrücken und zu verdrängen ist gefährlich: Der Berg der ungelösten Probleme wird immer mächtiger und unbezwingbarer. Das Ende ist dann wie der Ausbruch eines Vulkans: Alles, was man in den Jahren der Gemeinsamkeit miteinander aufgebaut hat, wird mit einem Schlag vernichtet; oft so, daß ein Wiederaufbau der Partnerschaft unmöglich ist.

„Sie haben uns getraut; Sie sollen auch als erster erfahren, daß wir uns scheiden lassen!"
Es waren höchstens drei Jahre her, überlegte ich, seit die beiden sich in unserer Kirche das Ja-Wort gegeben hatten. Ich fragte nur vorsichtig „Warum?" Da sprudelte es aus beiden nur so heraus. lch hörte ihnen lange geduldig zu. Als beide endlich fertig waren, sagte ich nur: „Ist das alles? Jetzt möchte ich den wahren Grund für die Scheidung erfahren!"

Paar, 27, 23

Den „wahren Grund“ kannten die beiden selber nicht. Sie hatten nur eine Fülle von Kleinigkeiten mitgebracht, die sie sich seit Monaten um die Ohren schlugen. Ich mußte an die Geschichte denken, in der ein Vater seinen Söhnen ein Bündel von zusammengeschnürten Stäben überreichte. Sie sollten das Bündel zerbrechen. Zusammengenommen war das unmöglich; einzeln ließen sich die Stöcke mühelos zerbrechen ...
So geht es auch mit Problemen und Schwierigkeiten. Wer nicht bereit ist, sie einzeln zu lösen, in Geduld und mit einer guten Portion Humor, der läßt zu, daß sie sich unlösbar verbinden. Die partnerschaftlichen Probleme wachsen beiden über den Kopf. Die Krise ist so groß, daß als Ausweg nur noch die Scheidung denkbar ist.

„Drei Jahre lebten wir ohne größeren Krach zusammen. Dann heirateten wir, und die Streitigkeiten gingen so richtig los. Tag für Tag. Ich glaube, wir hatten einen richtigen Nachholbedarf ...“

Paar, 25, 26

Die ersten Tage, nachdem wir gegen den Willen unserer Eltern zusammengezogen waren, fühlten wir uns wie im Paradies. Wir fühlten uns völlig frei...
Dann wurde unser Verhältnis immer gespannter; wir wichen uns aus, hatten Angst, unseren Ärger über den anderen zu zeigen ...“

Paar, 20, 18

Das ist eine Erfahrung, die viele Paare miteinander machen: In einer Gemeinschaft „auf Probe“ sind die Ventile fester angezogen als in einer Ehe. Da ist es schwer, einmal Dampf abzulassen; die Sorge ist groß, der andere könne gleich ausziehen.

Was sich angestaut hat, muß heraus. Nach der Eheschließung muß oft nachgeholt werden, was andere schon längst miteinander überstanden haben.
Das soll nicht heißen, daß die Ehe der Ort sei, wo einer dem anderen ungestraft seine Grobheiten sagen, seine Launen ausleben kann. Manche Verheiratete denken und handeln so. Und doch stimmt es: In einer Ehe läßt es sich besser und ausgiebiger streiten. Oft sind Partner dann ein Stück miteinander weitergekommen.
Konflikte lassen sich nur lösen, oder sie lösen auf. Bei ungelösten Problemen steigt der Ärger, die Aggressionsbereitschaft wird größer; bald genügen geringste Anlässe zum Auslösen eines massiven, dann meist auch ungerechten Streits.
Schließlich streiten nicht mehr Partner miteinander, sondern enttäuschte, verbitterte, verfeindete Menschen.
Feinde rächen sich. Der Partner wird für alles bestraft, was sich seit langem an Ärger angesammelt hat, auch dafür, was an gemeinsamem Lustgewinn in dieser Zeit verlorenging. Die Bestrafung legt den Keim für die nächste und übernächste Auseinandersetzung. Schließlich denken beide nur noch daran, wie sie den anderen ‚treffen' können.
In diesem Kampf können viele Waffen eingesetzt werden. Die gefährlichste Waffe gegen den anderen ist das Schweigen. Der andere hat keine Möglichkeit, Kontakt aufzunehmen, seinen Partner aus dem Schützengraben oder aus dem Bunker herauszuholen, in den er sich zurückgezogen hat. Wie soll da der gemeinsame Weg zur Versöhnung gefunden werden?
Im Buch der Rekorde könnte jene englische Ehe stehen, in der die Frau aus nichtigem Anlaß über 25 Jahre beharrlich geschwiegen hatte; nur noch schriftlich verkehrte sie mit ihrem Mann.

Das Ende war tragisch. Der Mann erschlug seine Frau, als er auf dem Frühstückstisch wieder nur einen Zettel mit Anweisungen sah; er fand milde Richter ...

„Ich weiß nicht, woran es liegt. Jedesmal wenn wir so richtig im Streit sind, muß ich lachen. Das ärgert meinen Mann zwar noch eine gewisse Zeit, aber schließlich lachen wir gemeinsam über unsere Dummheit.“

Frau, seit zehn Jahren verheiratet

Die Spielregeln des Streits

Miteinander wieder lachen können; das sollte am Ende eines Streites möglich sein. Denn das Lachen löst alles auf und führt den Streit auf das zurück, was er nach der Überwindung in vielen Fällen ist: lächerlich. Nur darf sich keiner ausgelacht fühlen.

Bis dorthin ist für jedes Paar ein weiter Weg: Mehr und mehr sollten sich die Partner eigene Regeln für den Streit entwickeln. Die wichtigste Regel ist dabei, daß am Ende die Versöhnung stehen muß; das muß für beide das Ziel schon zu Beginn eines Streites sein.

Die Spielregeln eines vernünftigen Streits sind markiert durch die nötige Ernsthaftigkeit, alles anzusprechen, was Probleme verursacht; durch die Offenheit, nichts zu verschweigen, was jetzt wichtig ist; durch die Ehrlichkeit, alles auf den Tisch des Hauses zu bringen, sich nichts für später aufzuheben, auch nichts dazuzulegen, was durch frühere Auseinandersetzungen bereits erledigt war. Schließlich durch die Entschiedenheit, einen Streit auch zum Ende zu bringen, nicht abzubrechen, zu vertagen, einen faulen Kompromiß zu schließen. Der Schiedsrichter über diese Regeln ist die Liebe.

Das bedeutet aber auch, daß nicht nur der Ärger, die Enttäuschung und die Ängste auf den Tisch des Hauses müssen, sondern auch alle Wünsche, Sehnsüchte und Hoffnungen, die man an den Partner hat.
Versöhnungsbereitschaft, gestützt auf Liebe und Vertrauen, ist die Voraussetzung, auch einen schweren Streit zu einem guten Ende zu führen. Manchmal brauchen die Partner dazu einen guten Freund oder die Hilfe durch Beratungsgespräche, um eine verschüttete Versöhnungsbereitschaft auszugraben. Und die Überzeugung, Gott kann uns in unserer großen Ehenot helfen.
Der Ruf des Evangeliums Jesu: Kehrt um! Vergebt einander! Liebt einander, wie ich euch geliebt habe! wird geradezu zum Kennzeichen einer christlichen, versöhnungsbereiten Gemeinschaft.
Der Glaube an die Vergebung Gottes, die jeder braucht, schafft das Klima, das eine Partnerschaft gestärkt aus großen und kleinen Krisen herausführen kann. Auch bei einem schweren Gewitter müssen sich beide noch zu Hause und geborgen fühlen können.

Bei der Feier der Silbernen Hochzeit gestand die Jubelbraut, wie schwer es in den ersten Ehejahren gefallen war, miteinander auszukommen.
„Bis ich begriff", sagte sie augenzwinkernd, „daß das Schönste an einem Streit die Versöhnung ist."

Nur müssen an dieser Versöhnung alle, die den Streit mitbekommen haben, beteiligt sein; vor allem die Kinder.
Wenn die Versöhnung unter Ausschluß der Öffentlichkeit stattfindet, bleiben bei den Kindern oft schwere Ängste zurück. Für sie kann das Problem auch dann noch ungelöst wirken, wenn Vater und Mutter bereits wieder gut zueinander sind:

„Ich träume oft davon, daß ich aufwache und Vater und Mutter verschwunden sind. Ich bekomme dann große Angst. Ich bin erst wieder froh, wenn ich aufgewacht bin. Es war nur ein Traum."

Kind, Grundschule

Meist sind es gar nicht die großen Katastrophen, die eine Ehe in die Krise führen: finanzielle Schwierigkeiten, Krankheit oder auch die Untreue eines Partners. Auf die kleinen Dinge des Alltags sollten Partner viel mehr achten: Der ständig wiederkehrende Kleinkram, die dauernden Sticheleien, die Gewöhnung und die Gewohnheiten können eine Partnerschaft mehr in Gefahr bringen als Schwierigkeiten, bei denen man automatisch zusammenrückt.
Wer fähig ist, die täglichen Kleinigkeiten miteinander zu lösen, für den müssen auch schwere Ehekrisen keine unabänderlichen Naturkatastrophen sein. Die Spielregeln sind eingeübt, und sie können, wenn sich beide daran halten, auch durch große Schwierigkeiten hindurch tragen.

Impulse

Jede Krise ist eine Chance. Wer nur das Scheitern einer Liebe im Auge hat, tut sich schwer, den Alltag und die Routine einer Partnerschaft zu überwinden und neu anzufangen.

Als wichtigste Streitregel gilt: Schon am Anfang muß die Versöhnung mitbedacht sein. Wer immer über die gleiche Sache streitet, hat sie nicht wirklich gelöst.

Das gemeinsame Aufarbeiten von Schwierigkeiten mit Fachleuten wirkt oft Wunder; deswegen ist es wichtig, sich rechtzeitig nach Hilfe umzuschauen.

VII. Alter – das Leben zur Reife bringen

Geschichte

Bei der Goldenen Hochzeit wurde das Paar nach dem Rezept für das zufriedene Zusammenleben befragt.
Die beiden Alten sahen sich lange schweigend an, dann sagte der Mann im schneeweißen Haar: „Man muß jeden Tag einen Menschen glücklich machen."
Und etwas leiser fügte er hinzu: „Auch wenn du selbst dieser Mensch bist, den es gilt, glücklich zu machen."
Seine Frau lächelte weise und schwieg.

Schriftwort

Sie tragen Frucht noch im Alter und bleiben voll Saft und Frische.
Sie verkünden: Gerecht ist der Herr, er ist mein Fels.

Ps 92,15

„Wenn ich an die Christen in meinem Bistum denke, dann sind sehr viele, jedenfalls nach der Ehegesetzgebung unserer Kirche, ungültig verheiratet oder leben in wilder Ehe. Das ist

ein unerträglicher Zustand. Wir müssen in der Seelsorge neue Wege suchen ...“

aus dem Brief eines afrikanischen Bischofs

Bei vielen afrikanischen Stämmen wächst die Lebensgemeinschaft zweier Menschen schrittweise; sie wird von entsprechenden Bräuchen, Riten und Feiern begleitet. Erst ganz am Ende steht der feierliche Eheabschluß.
Bei diesen Schritten handelt es sich nicht nur um ein sich über Wochen und Monate hinziehendes Kennen- und Liebenlernen der Partner, bei dem allerdings die Großfamilie eine entscheidende Rolle spielt. Schon vor dem großen Hochzeitsfest, das dann gefeiert wird, wenn der ausgehandelte Brautpreis bezahlt ist, zieht das Paar zusammen. Unter Anleitung eines erfahrenen Ehepaares werden sexuelle Beziehungen aufgenommen; Mann und Frau üben sich in die Aufgaben ihrer Ehe, der Familie und der Sippe ein. Schon zu diesem Zeitpunkt ist das Kind so wichtig, daß Kinderlosigkeit entweder zur Auflösung der Gemeinschaft führt oder zur Annahme einer zweiten Frau.
Die Kirche in Afrika kann nur glaubwürdig das christliche und menschenwürdige Ideal der Einehe, der andauernden Treue und der Gleichwertigkeit von Mann und Frau verkünden, wenn sie bereit ist, die Stammestraditionen bis zum Eheabschluß seelsorgerlich zu begleiten.
Eine ähnlich schwierige Aufgabe erwartet die Kirche heute in der alten Welt. Mit dem großen Unterschied, daß wir uns hierzulande noch sehr wenig Gedanken machen, wie wir die Schwierigkeiten lösen, die durch das Auseinanderfallen von Vorschriften und tatsächlichem Leben entstanden sind.
Noch ist die Kirche zu einseitig festgelegt auf die kirchliche Trauung als dem Zeitpunkt für den wahren Ehebe-

ginn. So entsteht der Eindruck, die Kirche sei zufrieden, wenn die zwei ordnungsgemäß geheiratet hätten; alles andere sei demgegenüber zweitrangig.

„Die leibliche und sexuelle Gemeinschaft ist etwas Großes und Schönes. Sie ist aber nur dann voll menschenwürdig, wenn sie in eine personale, von der bürgerlichen und kirchlichen Gemeinschaft anerkannte Bindung integriert ist.
Volle Geschlechtsgemeinschaft zwischen Mann und Frau hat darum ihren legitimen Ort allein... in der Ehe."

Papst Johannes Paul II. (1980)

Die „Stufen zur Ehe", wie sie von vielen Paaren praktiziert werden, bleiben dabei entweder unbeachtet oder werden als illegitim und sündhaft betrachtet. Das bedeutet ganz praktisch: Viele junge Christen werden in einem entscheidenden Abschnitt ihres Lebens, der oft mit einer tiefen Glaubenskrise zusammenfällt, von ihrer Kirche nicht nur allein gelassen, sondern sogar abgestoßen.
Die Vorbereitung auf die kirchliche Trauung bezieht sich oft nur auf die letzten Tage; die seelsorgerliche Begleitung zwischen dem Beginn einer Liebesgeschichte und ihrer feierlichen Bestätigung ist nicht nur dürftig, sie ist oft verletzend.

„Als wir beschlossen, zusammenzuziehen, wenn wir eine Wohnung gefunden hätten, war der Familienkrach perfekt. Von meiner Mutter wurde sogar der Pfarrer in die Sache hineingezogen. Der sagte uns: ‚Wir sollten nur so weitermachen, wenn wir unglücklich werden wollten.' Wir fanden in der Stadt eine Wohnung und hatten wenigstens unsere Ruhe. Aber wir sind völlig isoliert und dürfen erst wieder nach Hause kommen, wenn wir heiraten."

Paar, 22, 24

Nicht gerade ein guter Start für eine Gemeinschaft. Wenn die beiden aneinander scheitern, dürfen sie nicht mit Hilfe, höchstens mit Schadenfreude rechnen. Zum anderen können sich die jungen Leute nicht vorstellen, daß ihnen die Kirche und damit das Evangelium Jesu helfen könnten, eine gute Partnerschaft aufzubauen und zu führen. Für die Kirche kommt es gar nicht so sehr darauf an, über „Recht und Unrecht", über „Moral und Unmoral" zu entscheiden, als ganz einfach auf dem Weg zu einer christlichen Ehe zu helfen.

„Als wir zu unserem Pfarrer kamen, um mit ihm wegen der kirchlichen Trauung zu reden, machte er uns schwere Vorwürfe, weil wir schon einige Zeit zusammenlebten...
Wir heirateten schließlich nur standesamtlich, weil mein Mann mit dem Pfarrer nichts mehr zu tun haben wollte. Dabei ist es bis heute geblieben."

Paar mit drei Kindern

Hier hat ein Seelsorger versagt, nicht nur am Paar, auch an den kommenden Kindern. Wann immer Menschen kommen, hat die Kirche die frohe Botschaft Jesu zu verkünden. Die beinhaltet nicht nur Vergebung und Aussöhnung, sondern auch den Dienst am Menschen. Wem so das Evangelium verkündet wird, der ist auch bereit, sich für sein Leben etwas von der Botschaft Jesu sagen zu lassen.
Gerade wenn die Partner im Sinne der Kirche Ordnung schaffen wollen, muß die seelsorgerliche Beratung und Begleitung besonders behutsam sein. Das Paar hat seine Würde, auch wenn es bis jetzt in einer kirchlich nicht anerkannten Gemeinschaft gelebt hat.
Die Ehe wird von den Partnern und nicht von der Kirche, aber vor der Kirche geschlossen und feierlich bestätigt. Beides kann zeitlich, jedenfalls im Gewissen der Partner,

auseinanderfallen. Deswegen gebietet schon der Respekt vor dem Gewissen der Partner besonderes Einfühlungsvermögen.
Wenn das Paar Hilfe erwartet, dann vor allem in der Frage nach dem „Mehr“ einer kirchlichen Trauung und christlichen Ehe. Es will sich auch, zumal wenn es sich diesen Schritt in die Kirche lange überlegt hat, in der gottesdienstlichen Feier wiederfinden, sich in seinen Erwartungen und Hoffnungen bestärkt und von Gott angenommen wissen. In der Mitwirkung der Partner bei der Auswahl der Lieder, Gebete, Lesungen und Fürbitten können diese Hoffnungen ausgedrückt werden. Die kirchliche Trauung wird zu einer Feier, die dem Paar und der Familie Zukunft und in der christlichen Gemeinde Heimat gibt.

Miteinander alt werden

Für eine kritische Ehesendung hatte sich das Fernsehen angesagt. Auf die Frage des Reporters, was sich das Silberhochzeitspaar für die Zukunft wünsche, antwortete die Jubelbraut vor der Kamera: „Wir möchten miteinander alt werden.“

Sicher gab es zum Beginn dieser Gemeinschaft andere Ziele. Viele davon wurden mit Lust und Freude erlebt, mit Enttäuschung und Trauer durchlitten; vieles wurde verfehlt, nicht erreicht. Da mag dieses „Wir wollen miteinander alt werden“ fast ein wenig resignierend klingen, als wenn es für beide in der Mitte ihres Lebens nichts mehr zu erwarten gäbe.
Das Gegenteil ist der Fall: Wenn ein Fluß in seinem Unterlauf in geruhsameren Bahnen läuft, wird er belastbarer und tragfähiger als in seinem Ursprung; Kinder, Enkel, die ganze Umgebung können davon profitieren.

Auch im Miteinander-Altwerden stecken noch große Hoffnungen: Die bisherigen gemeinsamen Erfahrungen, die bestanden wurden, versprechen auch durch Krankheiten und durch das Alter durchzutragen, bis „der Tod scheidet". Von Routine, Langeweile und Enttäuschung muß da keine Spur sein.
Nur in einer guten Ehe haben Mann und Frau Zeit genug, einander Freunde zu werden. Das große Ziel wird erreicht, Liebe und Freundschaft fallen zusammen.
Ewige Liebhaber haben es schwer; sie müssen ständig hohe Ansprüche zufriedenstellen; Freunde können in aller Ruhe und Gelassenheit miteinander umgehen. Eine Freundschaft altert nicht; sie wird erfüllter, reifer, je länger sie gepflegt wird.
Die Freundschaft stützt sich auf die Treue; sie kann sich ganz auf den anderen verlassen. So sehr, daß Partner sich dabei ertappen, das Gleiche zu denken oder sagen zu wollen.
Treue ist weit mehr als nur sexuelle Treue; aber ein Ehebruch ist immer auch ein Zeichen für Routine und Lieblosigkeit; auch für die mangelnde Bereitschaft, in Liebe und Freundschaft weiter zu investieren. Gerade in dieser ruhigen Ehephase ist die Gewohnheit der größte Feind.
Nicht selten haben Außenstehende den Eindruck: Hätten gescheiterte Partner nur halb so viel für ihre Gemeinschaft getan, wie sie für eine neue Beziehung einsetzen müssen und dafür offensichtlich auch bereit sind, es wäre gar nicht zum Scheitern und zur Scheidung gekommen.
Die Freundschaft in der Ehe schenkt den Partnern die Fähigkeit, unausrottbare Fehler des anderen, und die gibt es bei jedem Menschen, nicht nur zu tragen, sondern sie als Ausdruck seiner Persönlichkeit am Ende sogar als liebenswert zu empfinden.

„Sie glauben mir gar nicht", sagte die Witwe zu mir, „wie mir mein Mann fehlt. Gerade seine Gewohnheiten, die mich anfangs so geärgert hatten, wie er den Kaffee schlürfte, die Zeitung im ganzen Haus verstreute, seine Kleider einfach liegen ließ, wo er sie ausgezogen hatte... das alles fehlt mir sehr."

Witwe, 56

In der Freundschaft kann der Partner sicher sein, ich werde angenommen, wie ich bin, und selbst meine Verletzlichkeit und meine Eigenarten sind dem anderen noch etwas wert.

Gottes Freundschaft als Zeichen

Für den Christen ist die Freundschaft Gottes, die Jesus Christus versprochen hat, ein wichtiges Zeichen. In den „trockenen Zeiten", die auch über Liebende wie Freunde kommen können, ist es gut, sich an seiner Freundschaft und Liebe festzuhalten. Gottes Liebe und Freundschaft übertrifft nach dem Wort Jesu alle menschlichen Erfahrungen:

Jesus erzählte ihnen ein Gleichnis und sagte: Wenn einer von euch hundert Schafe hat und eines davon verliert, läßt er dann nicht die neunundneunzig in der Steppe zurück und geht dem verlorenen nach, bis er es findet?
Und wenn er es gefunden hat, nimmt er es voll Freude auf die Schultern, und wenn er nach Hause kommt, ruft er seine Freunde und Nachbarn zusammen und sagt zu ihnen:
Freut euch mit mir; ich habe mein Schaf gefunden, das verloren war.

Lk 15,3–6

Die menschliche Wirklichkeit ist genau umgekehrt. Niemand läßt die neunundneunzig Schafe im Stich, um das eine zu suchen. Nur Gott tut so etwas.
An vielen Stellen überliefert uns die Bibel dieses unvernünftige Handeln Gottes: Kein Mensch mit klarem Verstand verbraucht zehn Drachmen, um eine Münze zu suchen (vgl. Lk 15,8ff). Gott treibt diesen Aufwand.
Kein menschlicher Vater nimmt seinen Sohn, der böswillig Haus und Familie verlassen hat, mit einem großen Festgelage wieder in die Gemeinschaft auf (vgl. Lk 15,11ff); Gott läuft ihm sogar noch entgegen.
Und selbst die Ehebrecherin hat vor Gott noch Chancen, die ihr von Menschen nicht so ohne weiteres eingeräumt werden (vgl. Joh 8,3ff).
Das alles sind Botschaften Gottes für unsere Welt; Botschaften seiner Liebe und Freundschaft. Diese übermenschliche Treue hilft unserer menschlichen Schwäche.
Wer sein partnerschaftliches Leben so führen will, der schenkt sich in seiner Liebe und Freundschaft einen Vorgeschmack von dem, was die Menschen in der neuen Welt Gottes erwartet: ein Hochzeitsfest ohne Ende.

Der Herr der Heere wird auf dem Berg Zion für alle Völker ein Festmahl geben
mit den feinsten Speisen, ein Gelage mit erlesenen Weinen...
An jenen Tagen wird man sagen: Seht, das ist unser Gott, auf ihn haben wir unsere Hoffnung gesetzt, er wird uns retten.

Jes 25, 6. 9

Wenn Gott die Liebe ist, wie Johannes schreibt, dann wird die einzige Zulassungsbedingung für das Festmahl die Liebe sein. Und wer sollte dann größere Chancen haben, dieses schöne Ziel zu erreichen, als ein Paar, das diese Liebe gelebt hat?

Impulse

Auch in einer guten Ehe brauchen Mann und Frau lange, bis sie einander wirklich Freunde geworden sind. Die Liebe ist zur Reife gekommen.

Die Freundschaft gibt dem Paar die Sicherheit, auch im Alter noch Neues zu wagen. Es erweist sich sozusagen als eine gute Investition, weiterhin auf Zärtlichkeit und Liebe zu setzen.

In der gegenseitigen Hilfe und Pflege wird etwas von der Liebe und der Treue Gottes sichtbar. Das gilt es den nachkommenden Generationen zu bezeugen.